丝路传说

# 蝴蝶沟的传说

文昊 主编

新疆文化出版社
新疆电子音像出版社

图书在版编目(CIP)数据

丝路传说. 蝴蝶沟的传说 / 文昊主编. — 乌鲁木齐: 新疆文化出版社: 新疆电子音像出版社, 2016.11
ISBN 978-7-5469-9012-5

Ⅰ. ①丝… Ⅱ. ①文… Ⅲ. ①民间故事 – 作品集 – 新疆 Ⅳ. ①I277.3

中国版本图书馆 CIP 数据核字(2016)第 291761 号

丝路传说. 蝴蝶沟的传说

| 主　　编 | 文　昊 |
|---|---|
| 责任编辑 | 张启明 |
| 出版发行 | 新疆文化出版社 |
| | 新疆电子音像出版社 |
| 地　　址 | 乌鲁木齐市经济技术开发区科技园路 5 号 |
| 邮　　编 | 830026 |
| 印　　刷 | 三河市燕春印务有限公司 |
| 开　　本 | 700 mm × 1 000 mm　1/16 |
| 印　　张 | 10 |
| 字　　数 | 100 千字 |
| 版　　次 | 2016 年 11 月第 1 版 |
| 印　　次 | 2017 年 1 月第 1 次印刷 |
| 书　　号 | ISBN 978-7-5469-9012-5 |
| 定　　价 | 27.80 元 |

# 目　录 CONTENTS

一只红苹果 ……………………………………………… 1
冬不拉 …………………………………………………… 5
手鼓 ……………………………………………………… 11
鹰笛 ……………………………………………………… 16
地毯 ……………………………………………………… 20
马头琴是这样制成的 …………………………………… 22
哈密十二木卡姆及其传说 ……………………………… 25
艾得莱斯绸是怎样织成的 ……………………………… 28
馕 ………………………………………………………… 31
手抓肉 …………………………………………………… 34
马奶酒 …………………………………………………… 36
天然美味——阿勒泰野鱼 ……………………………… 37

三台烧酒坊的醇香 ………………………………… 41

"穆塞勒斯"的美丽传说 …………………………… 44

巴尔楚克的传说 …………………………………… 47

帕米尔的传说 ……………………………………… 49

乌鲁木齐 …………………………………………… 56

麦盖提 ……………………………………………… 58

魔鬼城 ……………………………………………… 60

核桃沟 ……………………………………………… 62

大泉沟 ……………………………………………… 65

水磨沟的传说 ……………………………………… 69

猩猩峡与星星峡 …………………………………… 71

塔克拉玛干 ………………………………………… 73

蝴蝶沟的传说 ……………………………………… 75

英雄"五彩城" ……………………………………… 82

善良的贾登峪 ……………………………………… 90

阿依夏木草原 ……………………………………… 102

喀纳斯湖畔的生死恋 ……………………………… 104

秋千架上选情郎 …………………………………… 110

你追我赶抹锅黑 …………………………………… 112

魅力无比的维吾尔传说 …………………………… 115

狗头金的故事 ……………………………………… 118

玉美人的故事 ……………………………………… 121

神奇的裕祥 ………………………………………… 123

2

昆仑玉美人 …………………………………………… 127

阿勒泰的灵气——奇石 ……………………………… 133

维吾尔族姑娘的小辫子 ……………………………… 138

和田古玉王的传奇故事 ……………………………… 143

"母亲门"的传说 ……………………………………… 147

## 一只红苹果

古代，塔克拉玛干东部有个国家，城里的伯克①和官员勒索百姓，任意摊捐派税，过着豪华奢侈的生活。百姓食不果腹，衣不遮体，一肚子怨愤。

在离城市很远的一个地方，有个名叫萨依穆的贫苦农民，勤劳纯朴，厚道诚实。他从小给巴依当长工，白天在巴依的工地上干活，夜里还要给巴依看守羊群。可是，他从来没有吃饱过肚子。这般牛马不如的日子，他一过就是十多个年头。已是三十出头的人，还没有成家。可他仍然对自己说："我与其撒谎骗钱来讨个媳妇，还不如打光棍过一辈子。"

一年夏天，萨依穆在地里干了半晌活，口干舌焦，便到渠边去喝水。喝过水抬头一看，水渠里飘来一只红艳艳的苹果。他立刻捞出来吃了半个。他又要吃剩下的半个时，却愣住了，心想：且慢！这只苹果不是我的，我怎么能白吃呢？现在我必须去找苹果的主人，赔礼道歉，付给他苹果钱，取得他的谅解。想着想着，便沿着水渠走去。

萨依穆不停地走着，到了后晌的时候，来到一处果树掩映的农家门口。一看，浓郁的果树遮天蔽日，枝头结满了苹果、香梨等各种各样的果实。水渠环绕着果园，缓缓流淌着。萨依穆说："嗯！我总算找到这只苹果的主人了。"他轻轻敲了敲大门，一位银须垂胸、面目慈祥的老人打开门走出来。萨依穆向老人问好后，说明是给他来送钱的。

老人摸不着头脑，将萨依穆请到家中，端来食物招待了他，问道："你说你是来给我送钱的，可你并没有欠我的……"没等老人讲完，萨依穆打断老人的话，说："不，老人家，我应该付给你钱。"接着把发生的事情从头到尾讲了一遍，从衣服兜儿里掏出了几个腾格②放在餐单上，请求老人收下。

园丁老人心想：一只苹果微不足道，这个小伙子竟然这样认真，从远道给我送钱来，他的品德和人格多高尚啊……我再考验他一遭，假若他果真是位纯朴善良的人，我便跟他作门亲戚。于是，老人故意装作很生气的样子，说：

"小伙子，你没有经过允许就吃掉了我的苹果，我是不会饶过你的！"

萨依穆满面愁容，心里感到很痛苦，望着老人诚恳地说道："老人家，我犯了罪！你收下我作你的奴隶吧！"

老人说："好吧！我有一个要求，你要是办到了，我才能原谅你。"

萨依穆说："我愿拿生命担保去完成。"

老人说："我有一个女儿，第一耳聋，第二眼瞎，第三不会说话，第四手不能拿东西，第五脚不能走路。由于她有这些缺陷，谁也没有聘请媒人来提亲。你娶我的女儿为终身伴侣，使我摆脱窘境，怎么样？"

萨依穆心想，我连自己的肚子都混不饱，哪有能力养活妻子哟！想着，他的眼圈湿润了。这时，他想起了一句谚语：老虎不走回头路，青年人言必有信。于是便说："大伯，只要你肯饶恕我的罪过，我愿娶你的女儿为妻。"

"一言为定。你回去准备准备吧。"老人送走了萨依穆。

萨依穆回家后，在邻居和亲朋好友的帮助下，准备了几件礼物，便娶来了那位老人的姑娘。萨依穆心想："我娶了一个残疾的姑娘，这往后的日子可咋过呀……"越想越烦闷，越烦闷越觉得心里不安起来。

邻居的嫂嫂们听说穷兄弟萨依穆娶了个媳妇，纷纷来向他祝贺。她们一进门，就去看新娘子长的啥模样。一位嫂嫂款款揭开新娘的面纱一看，新娘的脸蛋比月亮还美，比太阳还光辉，一个个都看傻了眼！亲朋宾客们原来听说萨依穆要娶的是位残疾的姑娘，现在见新娘相貌出众，光采照人，都感到很吃惊。萨依穆一看，姑娘长得五官端正，漂亮俊秀，扭过身子从姑娘身边走开了。

客人们见此举动，颇不高兴，七嘴八舌地说："这太不像话啦！"去问萨依穆，萨依穆说："园丁老人许诺嫁给我的是五官残疾的姑娘，可是老人却撒谎骗人，嫁给我这样美丽的姑娘，我绝不娶谎言者的姑娘。请他把自己的女儿领回去。"并立即请人去把这话转告给园丁老人。

园丁老人得知情况后，来到萨依穆家中，亲自对女婿说道："孩子，现在完全证实你是个诚实的青年。当初我说我的女儿耳聋，是说她不听信流言蜚语；说她眼瞎，是说她不看非礼、伤雅的东西；说她不会说话，是说她在人背后不论长道短；说她的手不能拿东西，是说她不伸手接受旁人的礼物；说她的脚不能走路，是说她不去那些不三不四的地方游荡。把自己的女儿许配给你这样忠厚老实、心地纯正的青年，我也就放心了。"

萨依穆听得连连点头。园丁老人的姑娘不仅长相出众，而且聪明贤惠。他们成亲后，夫妻相亲相爱，勤俭持家，日子过得很幸福。

①伯克：地主，有钱人。小封建主或某些官员的尊号。加于人名后，犹言"老爷"、"先生"。

②腾恪：银币，一个腾格重约一两。

(翻译者：赵世杰)

## 冬不拉

哈萨克族是酷爱音乐的民族，民间有"骏马和歌是哈萨克的翅膀"的说法。有歌就得有乐器，冬不拉便是哈萨克族的主要乐器，用红松木或桦木制成，它为美丽的草原、哈萨克毡房增添了斑斓的光彩。

### （一）

很早很早以前，草原上有一位哈萨克姑娘。白天看她，她的面颊像那初升的太阳，异常秀丽红润；夜晚看她，她的面颊像那十五的满月，格外娇媚动人。

姑娘已经长大了，但还没有选上个称心如愿的小伙子做丈夫。倒不是没有人来求亲，只是姑娘提出的条件太难了，没有人能做得到。因此，尽管有成千上万的人兴冲冲地骑着马赶着羊，从老远老远的地方来求婚，可一听姑娘的条件，思索几天，最后杀掉几只羊，吃完之后，又悻悻地回去了。

那个俊美的姑娘倒底提了些什么条件呢？条件倒不多，只有一个，就是不管谁来求婚，不能请别人或是自己来说亲，而必须委托那棵离姑娘毡房不远的大树来求婚，并且只有在打动了姑娘的心后，姑娘才答应嫁给他。

年轻的小伙子们，特别是那些有钱有势的人谁不想娶一个俊俏漂亮的媳妇呢？那些求婚的年轻人都住在大树下，黑天白夜地苦思冥想，真是连夜里做梦都想让大树说话。结果都是杀几只羊，吃光了肉，最后无可奈何地骑上马没精打采地回去。而那棵大树还是默默地站在那里，只是每棵树枝上都挂满了羊肠子，那是众多的求婚者留下的纪念品。

一天，从很远的地方来了一个青年。他从小是个孤儿，大了，不是给这个巴依放羊，就是给那个地主打草。要不就是给这家做点木工活，或是给那家放马。他到处流浪，走到哪儿，就干到哪儿。

一天，他来到这棵大树下，看见很多年轻人在树下愁眉苦脸、唉声叹气，围着大树转。就向一个青年打听发生了什么事？那青年把姑娘求婚的条件对他说了，看了看他，叹了一口气，也垂头丧气地骑上马回去了。

这个四处流浪的年轻人见树下有许多求婚者丢下的羊头和羊蹄子，就住下来把羊头和羊蹄子用树枝烧烤起来，待吃饱肚子，就躺在厚厚的落叶上睡着了。半夜，流浪汉醒了。他望了望天上的星星，又想起了白天那个求婚者说过的话，情不自禁地陷入沉思之中。那个求婚者把这位姑娘说得像仙女一样的美，可姑娘提出的条件又是那样难，怎样才能让这棵大树说话呢？想着想着，忽然草原上刮起一阵风，吹得树枝发出了各种声响，在寂静的夜里，使他感到格外地悦耳。

原来那些求婚者挂到树上的羊肠子，经过风吹日晒绷得很紧，有的长、有的短，风一吹就发出了各种不同的声音。这一下倒提醒了流浪汉，他马上起来，拿出斧子，把那棵大树砍倒，然后用一块木头做成了一件乐器，系上两根干羊肠子，一根绷得紧点，一根绷得松点。到了傍晚，他就坐在姑娘毡房前的草地上，叮叮咚咚地弹起来。他先用沉闷凄凉的音调向姑娘表达自己孤苦伶仃的身世，然后又用缠绵优美的旋律表达自己对姑娘爱慕的心情，琴声婉转柔和，明快亲切，一会儿轻柔得像一团团羊毛，一会儿活泼得像山涧的小溪，一会儿激越得像那奔腾的骏马，一会儿又缓慢得像那毡房顶上的袅袅炊烟。姑娘在毡房里听到这优美的琴声，立刻丢下正在刺绣的活儿，静静地坐在花毡上凝神聆听起来。她同情这个流浪汉的身世和遭遇，几乎流下了眼泪。一会儿，当她听到小伙子爱慕的心声时，又羞得双颊绯红。她不由地轻轻打开毡房门，从门缝偷偷朝外窥视。小伙子的琴声打动了姑娘的心，满足了姑娘的心愿，两个人结成了美满幸福的夫妻。从此流浪汉有了温暖的家，再也不用到处流浪了，姑娘也有了一个勤劳善良的丈夫。

从那以后，那件会说话的乐器就成为哈萨克人民最喜爱的冬不拉。

（讲述者：瓦力别克）

## （二）

很久以前，勤劳勇敢的哈萨克中的乃曼部落在一片浓密的大森林里过着自由自在的游牧生活。他们无忧无虑地遂水草而居，牧放着部落的羊群、牛群和马群。

忽然有一天，林中出现了一头凶恶的黑熊，蹿到草原上伤害牲畜，甚至连放羊的孩子也给吃掉了。乃曼部落里的人把这头黑熊恨得咬牙切齿，发誓一定要杀死这头野兽，好使人民安居乐业。猎人们联合起来，几次围猎这头黑熊都失败了，并且还死伤了好几个猎人。统治这一带的成吉思汗知道了这件事，他亲自选派了一批猎人到野熊出没的地方进行伏击，结果也失败了。

成吉思汗的长子卓西知道了此事，他不顾父王的阻拦，在一个深夜里，他悄悄地溜出了王宫，携带着强弓硬箭和加重的铁夹，骑上骏马去猎熊。他不畏山高路险，来到大山的密林中，终于找到了黑熊足迹。他仔细地把铁夹安置在黑熊必经的路上，做好伪装后就在附近大树旁隐藏起来。

凶恶的黑熊终于出来了，经过猎人们的几次围猎，黑熊也变得非常狡猾。它快走到埋着铁夹的地方时，小心翼翼地用熊爪拨开了周围的伪装，看见铁夹上有一大块羊腿肉，它闻到肉的血腥气味，就围着铁夹转，突然黑熊踏到了一棵横倒正地上的枯树枝，枯树的另一头翘了起来，正打在铁夹上，铁夹"砰"的一声轰响，把那一块羊腿肉弹到了一旁，黑熊急忙扑过去吃了起来。

隐藏在一旁的王子卓西，见铁夹已被黑熊弄坏，就从树后站了起来，朝黑熊射出一箭，这一箭正中黑熊的眼睛，只听得黑熊大吼一声，朝着卓西王子扑来，王子拔出匕首迎上去，与黑熊拼杀。最后黑熊虽然被王子刺死，但是王子也因流血过多而倒在地上，被黑熊庞大的身体压死了。

五天过去了，成吉思汗派人到处寻找卓西王子，仍然没有任何消息，于是汗王下令：谁能够将王子活着找到，就赏给骏马一百匹、肥羊一千只；谁若知情隐匿不报，发现后要砍去他的双腿；谁若带回卓西王子的死讯噩耗，他就一定要被杀头。善良的牧民们含着泪水到四面八方的山林里去寻找，终于发现了卓西王子与黑熊扭抱在一起的尸体。大家悲伤地用隆重的葬礼将卓西王子安葬在向阳的山坡上，可是谁也不敢将这坏消息报告给汗王。正在众人为难的时候，来了一位名叫柯尔博嘎的老牧民，他是位受牧民爱戴的老阿肯[①]。柯尔博嘎让人们抬着黑熊的尸体，跟着他一块儿到王宫去见汗王。成吉思汗看见这头大黑熊尸体后，问道："我那可爱的王子在哪里？你们把这头死黑熊抬来干什么？"柯尔博嘎用手指着皇宫旁的一棵松树说："陛下，您要问卓西王子的下落吗？只有那棵松树知道。"成吉思汗从老人奇怪的回答里得到不幸的预感，就对柯尔博嘎说："如果它不能告诉我，我就要杀死你！"老柯尔博嘎让成吉思汗看过黑熊的尸体后，就让人们抬走了。柯尔博嘎说："我一定让那棵松树向你开口讲话。"

柯尔博嘎在牧民们的帮助下，砍倒了那棵松树，精心地制作了一把琴。老人盘腿坐在皇宫门前的草坪上，深情地拨动了用两根羊肠子做成的琴弦，那琴音浑厚低沉，如泣如诉，向成吉思汗倾述卓西王子与黑熊在森林里搏斗的情景。最后琴声如急风骤雨，格外地凄凉哀伤，汗王只听得泪如雨下。回想起那天见到黑熊尸体的眼里插着一支卓西使用的箭头，汗王知道自己心爱的长子是为民除害而死。汗王重赏了老柯尔博嘎，称赞了他的聪明和演奏的技巧。

从那时起，老柯尔博嘎制作的那把琴就被叫做冬不拉琴；老柯尔博嘎演奏的那支乐曲，就是冬不拉的第一支乐曲。

①阿肯：哈萨克语，意为"民间歌手"。

（摘自《传说中的新疆》）

# 手鼓

手鼓是古老的乐器之一，俗称吐姆鲁克。在歌舞表演中，是不可缺少的乐器。它形状扁圆，用桑木做框，鼓面蒙马皮、羊皮。在维吾尔、塔吉克等民族中广泛使用。

## （一）

古时候，居住在喀拉库木山丛的人们生活和睦幸福。一年夏季，一条巨大的蟒蛇经常从深山老林出来，没过多久就将四周的飞禽走兽吃光了，开始骚扰往来过路的人们。有位名叫达甫的年轻猎人，他虎背熊腰，力大无比，决心消灭蟒蛇，为黎民百姓除害。他壮着胆子独自走进森林，走过崎岖不平的山路，穿过密密匝匝的森林，仔细观察，寻找蟒蛇，观察、寻找了三天三夜，也没有见到蟒蛇的踪影。达甫已经三个昼夜没有合眼啦，他为振作精神，使自己不打瞌睡，便折了根松树枝弯成圈儿，在上面蒙了层干羊皮，一边用手指"咚咚——嗒嗒"地敲打，一边唱着歌儿寻找蟒蛇。

没过多少时间,达甫看见攀附在一棵松树上的蟒蛇朝自己扑来,达甫举起锐利的宝剑向蟒蛇猛刺去。蟒蛇拼命挣扎着打了达甫一尾巴,达甫跌倒在地,手中的敲击物也掉在地上。正当蟒蛇怒睁着眼睛要吞吃达甫时,落在地上的敲击物突然发出"咚咚——嗒嗒"洪亮的声音。蟒蛇闻声万分惊惧,嘶叫着倒退了好几步。

达甫灵机一动,见机行事,他一骨碌从地上爬起来,捡起蒙有羊皮的敲击物,"咚咚——嗒嗒"地快速猛击起来。蟒蛇吓破了胆似的夺路而逃。这时达甫手提宝剑飞也似地追赶过去,朝蟒蛇的腰连砍数剑,将蟒蛇劈成两截。

乡亲们见达甫为民除了一大害,喜出望外,对达甫舍生救命的大恩大德感激不尽。为了纪念达甫的功德,乡亲们将蟒蛇的皮剥下来,代替羊皮蒙在木圈上,并给它取名"达甫"。后来,达甫越制越精巧,其中用蟒蛇皮蒙面的达甫,敲起来发出的声音格外响亮。这就是维吾尔族手鼓的来历。

(搜集者:艾海提·阿西木)

(翻译者:赵世杰)

(二)

很久以前,昆仑山麓是一个水草肥美、鲜花遍地的人间乐园。各民族人民和睦地生活在这里。但是,有一段时间,在这一带的原始森林中却生出一条毒蟒,常常祸害人畜。每当夜深人静，这条毒蟒便从森林里出来，钻到村子里，专挑摇篮里的婴儿吞食。这条毒蟒的出现，搅乱了人们平静的生活。恐惧和忧伤降落到人们头上，尽管人们想尽了种种办法，还是不断遭受毒蟒的侵害，许多人被迫逃离家园。

有个名叫达甫的塔吉克族青年，为人豪爽正直，武艺高强，力气大得能单臂举起一条壮牛来。达甫看毒蟒祸害乡里，心里像火烧一样，他决心杀死毒蟒，为乡亲们除掉这个祸害。当他把自己的想法告诉父亲的，父亲非常赞同，并为他出谋划策，教给他战胜毒蟒的办法。一天，达甫带着弓箭和宝剑，告别了父母乡亲，朝森林走去。在阴森森的原始森林深处，达甫很快找到了毒蟒的巢穴。蟒穴旁长着一棵千年古松，达甫便悄悄隐藏在古松下，等待毒蟒出洞。等到第三天傍晚，巢穴里呼啸着喷出一股腥风，接着，毒蟒那颗巨大的头露出了巢穴，它头上那两只眼睛犹如两盏大灯似的闪着寒光。达甫见毒蟒出洞，毫不畏惧，他弯弓搭箭，一箭射中毒蟒左眼。毒蟒受到突如其来的袭击，疼得满地翻滚，达甫抽出宝剑正准备上去砍杀，没料想毒蟒听到响动，呼地一声又钻回了巢穴。达甫不便贸然闯入洞穴，只好守在巢穴边上。

他又等了三天三夜，巢穴里却毫无动静。达甫非常着急，心想：这是一只难以对付的庞然大物，第一次偷袭，只伤了它一只眼，如果它养好伤出来拼命，自己独自一人是难以取胜的。要想战胜毒蟒，还得多用智慧。于是他在森林中一边走，一边思考着对付毒蟒的办法。这时，他发现不远处有一头被毒蟒咬死的野驴。他用宝剑剥下野驴的皮，刮洗干净，砍来一棵碗口粗的梧桐树，弯成圆圆的圈，然后将驴皮紧紧地绷在圈上，在阳光下晒干。晒干后的驴皮用手轻轻一敲，发出咚咚咚的响声，这声音激昂悦耳，动人心魄。达甫听到激越的鼓声高兴极了，战胜毒蟒的信心更足了。

这时，躲在巢穴中的毒蟒终于忍不住饥渴，从穴洞里往外喷出几股腥风，它要出洞了。达甫立刻敲响了自己制作的手鼓，震天动地的咚咚咚的鼓声吓的毒蟒又赶紧缩回穴里。就这样，只要毒蟒想出洞，达甫便敲响手鼓，吓回毒蟒，一连几天，毒蟒被困在巢穴之中。最后，毒蟒饥渴难忍，拼死冲出了洞穴。只见毒蟒瞪着一只独眼，龇着毒牙，恨不得一口吞下它的对手达甫。达甫看准机会，挥动宝剑，对准毒蟒的右眼猛刺下去。毒蟒疼得怪声大叫，身子蹿得很高，然后重重落下，用尾巴扫打四周，树木被它扫倒一片。达甫灵巧地躲过蟒尾，挥剑向毒蟒的嘴刺去，一剑又砍掉两颗蟒牙。毒蟒咆哮着反扑过来，就这样，他们搏斗了整整一天一夜。到了夜晚，毒蟒由于饥饿和负伤，气焰渐退，达甫却愈战愈勇。他见毒蟒想溜回洞去，便抢先一步守住洞口，又擂响了那面自制的驴皮手鼓。咚咚的鼓声震撼夜空，毒蟒惊慌失措，转身向森林外逃去。达甫一边敲着鼓，一边紧追不舍。毒蟒狼狈不堪，只顾逃窜，由于瞎了两眼，最后摔死在万丈悬崖下。

达甫怀着胜利的喜悦，带着手鼓回到了村里。乡亲们欣喜若狂，为达甫举行了盛大的庆功宴会。宴会上，达甫讲述了他和毒蟒搏斗的经过。在乡亲们的欢呼声中，他敲响了那面手鼓。鼓声高昂激越，使喜庆的气氛达到了最高潮。接着，人们又用那只蟒的皮制成了手鼓，它的声音更加高昂激越。

为了纪念达甫的功绩,塔吉克人将这种手鼓称作"达甫"。从此,达甫鼓便代代相传,成为塔吉克族人民最喜爱的乐器之一。现在,它已成为许多民族普遍使用的乐器了。

(讲述者:肉恰依克)

(搜集者:西仁·痒尔班)

## 鹰笛

塔吉克族民间歌曲富有高山民族热情奔放的风韵、生活在帕米尔高原上的塔吉克牧民常用鹰翅骨做乐器，演奏极富民族特色的民歌和动听的音乐，这就是鹰笛。

很多年前，兀鹰是和塔吉克人居住在一起的。那时候，为了狩猎，塔吉克人家家户户都养鹰，那鹰就像现在的猎犬一样。

鹰白天随主人狩猎，夜晚给主人看房。塔吉克人很爱自己的鹰，把它们看做自己的朋友。

可是，那时候帕米尔高原上住着大大小小的奴隶主，他们有成千上万的牛羊，而高原上塔吉克族的猎人都是他们的奴隶。这些塔吉克族猎人猎获的珍禽猛兽都被贪婪的奴隶主抢走了。塔吉克的猎人自己没有一根牛羊毛，他们世世代代都在贫苦中生活。

那时，在帕米尔高原上的达卜达尔山谷里，住着一个猎人名叫娃发。娃发家祖祖辈辈都是有名的猎手。可是，没有一代人过过一天好日子。

有一年，娃发的祖父好不容易打来一只羚羊。这是他打了四十年猎第一次交的好运。老人心想：主人得了这羚羊，兴许会分给我几峰骆驼，或者几只羊吧。可是，吝啬的奴隶主收起羚羊，什么也没有给。老人忍不住提出了自己的希望。想不到话还没说完，奴隶主的牛皮鞭就打在了他的身上。老人受不了这口气，积郁成疾，不久就死云了。祖父去世后，娃发的父亲仍然替奴隶主狩猎。娃发的父亲是个烈性子，谁也不怕。有一次，他打了一只野熊，他不愿白送给奴隶主家。就偷偷地带着野熊跑到遥远的一个叫塔台曼的地方去，换了些牛羊，并索性住在那里不回来了。奴隶主知道这件事后，派人把他抓了回来。奴隶主用蘸满酥油的羊毛，把娃发的父亲活活地烧死了。父亲死后，娃发惟一的伙伴就是那只活了一百岁的兀鹰。这只兀鹰是娃发祖父在世时养的。兀鹰虽说活了百多年了，可一双眼睛异常明亮，百里外的鸟雀也躲不过它的眼。据说它那尖嘴和利爪能撕碎一只黑熊，所以，周围的猎手都把它叫做"兀鹰之王"。娃发就带着这只鹰王狩猎，猎获的鸟兽照样被奴隶主全都夺去。每当他想到父亲的惨死，心里就充满悲愤。他常常向鹰王这样唱道：

塔吉克奴隶啊！

像天边坠落的星星。活着的让虱子吃了，死去的都闭不上眼睛。凶狠的奴隶主啊！冰冷的心肠，像慕士塔格冰峰。

塔吉克奴隶啊，

难道永远是天边将要坠落的星星！?

歌声使鹰王收起了翅膀，哀和恨使娃发失去了为奴隶主狩猎的兴趣。由于娃发交回的猎物越来越少，奴隶主下令叫娃发把鹰王交出，让鹰王顶替应交的猎物。

娃发听说奴隶主要抢走自己惟一的伙伴，几乎气昏过去。他对鹰王悲愤地唱道：

　　塔吉克的奴隶啊，

　　难道永远是天边将要坠落的星星！？

　　这时，身边的鹰王忽然说起话来："娃发啊娃发，不要难过。你快把我杀了，用我翅膀上的骨头做一只笛。有了笛，你什么都能如愿，就不会受苦了。"娃发听到鹰王说起人话，又惊又喜，可他舍不得杀自己心爱的兀鹰。鹰王又说道："娃发啊，娃发，你快杀我吧。你不杀我，奴隶主就要把我抢去了。"娃发无可奈何，只得含着眼泪杀了鹰王，抽出鹰王翅膀最大的一根空心骨头，钻了三个眼，做成了一只短笛，这就是第一只鹰笛。

　　奴隶主知道娃发杀了鹰王，大为恼怒，立即派人把娃发抓来。娃发一到，奴隶主就命令打手："拖出去，给我打死这条狗！"娃发心想自己反正是一死，临死前再吹一吹鹰笛吧，想着，便掏出鹰笛吹了起来……

　　谁知笛声一响，成群的兀鹰像是听到了谁的召唤，黑压压地一大片，直往奴隶主的头上飞。奴隶主知道只要鹰落下来，自己就没命了，便急忙向娃发求饶："快把鹰叫开，你要啥我给啥！"娃发随口说道："给达卜达尔的塔吉克人每家十只羊、十头牛、十峰骆驼！"奴隶主连忙点头："行！行！要什么都给。"这时，娃发收起鹰笛，鹰群飞走了。

　　奴隶主忍痛交出牛羊，使塔吉克人第一次过了几天好日子。可是，谁也没想到奴隶主起了坏心。他打听到娃发的鹰笛是用鹰的骨头做成的，便派人挨家挨户地劝说："大家杀了鹰做鹰笛吧，有了鹰笛要啥有啥！"人们都想要一支鹰笛，所以也就听了这些坏人的话，杀了鹰做了鹰笛。

家家户户都要杀鹰做笛的事惊动了兀鹰。它们以为主人变心了，惊叫着向高山深处飞去。从此，鹰就住在偏僻的山洞里，再不回来了。奴隶主再不害怕鹰笛了，又重新抢走了人们的牛羊骆驼，儿门这才知道上了奴隶主的当。但是，从此塔吉克人就有了鹰笛。

（翻译者：艾田）

## 地毯

新疆地毯素以历史悠久、技艺高超而驰名于世。而新疆地毯又以和田的最为精美，因此，和田就自然成为"新疆地毯之乡"。在和田农村，几乎村村有作坊，不少人家地面上铺地毯、墙上挂壁毯，还有精笑的座垫、鞍褥等，地毯已成为新疆各民族日常生活必需品和居室的装饰品。

古时候，和田国王有个女儿，名叫古兰慕。她天资聪慧，懂得各种鸟语。一天，国王和大臣们在河岸上散步时，听见一只鸟啼叫的声音跟别的鸟叫声不一样，感到十分惊讶。国王问大臣：

"这只鸟儿在说什么？谁能听懂鸟语？"

大臣们告诉国王：

"国王啊！您的女儿能听懂所有鸟类的语言。"

回到王宫，国王唤来女儿，说道：

"闺女，河岸树林里有许多鸟儿，有一只鸟啼叫声跟别的鸟叫声完全不一样。你经常去河岸游玩，你知道这只鸟在说什么呀？"

"爸爸。"女儿回答说，"那只鸟儿在说：'女子能使国王变成穷人，也能使穷人变成国王。"

国王听罢气极了，眼珠子一转，当即派人叫来一个穷人，板起脸对女儿道："好哇！我现在将你嫁给这个穷光蛋。你就拿出你的本事来，让你的丈夫成为国王吧！"

说罢，命令卫士将女儿和她的丈夫赶到渺无人烟的荒野上。

丈夫在荒野上打柴，每天背到集市去卖，用卖得的钱买来各种颜色的线，带回家交给妻子。古兰慕用这些线绣出各种各样的绣品，丈夫又将这些绣品带到集市上出售。心灵手巧的古兰慕渐渐地学会织地毯，织的越多，地毯的质量越好，图案花纹越多。丈夫将一条条华丽的地毯带到集市上去卖时，顾主无可挑剔，赞不绝口。就这样，没过几年，这对夫妻成了家财万贯的富翁。最后，丈夫当上他经常去卖地毯的那个城市的国王。

一天，古兰慕邀请父亲来做客。丈夫身穿王袍以国王的身份在庄严的王宫里盛情地招待了岳父。老国王见此情此景，回忆起当年女儿说过的话，并深信那只鸟儿的话是千真万确的。他召集起民众，将女儿织的地毯以女儿的名字"古兰慕"命名。

古兰慕搬进城市的王宫里后，将自己编织地毯的手艺传授给了城市里的妇女们。一传十、十传百，后来和田城乡的妇女人人都学会了编织地毯。

地毯中，就有一种名叫"古兰慕地毯"的品种，特别受到人们的喜爱。

（翻译者：赵世杰）

## 马头琴是这样制成的

在新疆的大草原上，在蒙古族牧民的蒙古包里，总有一种纯朴、浑厚的琴声萦绕于耳。这琴声就是马头琴之音。

说起马头琴，可能尽人皆知，但它是如何制成的，恐怕知道的人就不多了。

相传，马头琴最早是由一个叫苏合的小牧童制成的。苏合与奶奶相依为命。奶奶守家，苏合放羊。坐在山顶上，遥望着美丽的草原，苏合常情不自禁地大声歌唱。他的歌声常引得正吃草的羊儿对他行注目礼，就连远处的牧民也循着歌声而来。他成了远近闻名的小歌唱家。

17岁时，年少英俊的苏合长得跟大人一样了。一天，奶奶看见苏合抱着一个毛茸茸的东西跨进蒙古包，吓了一跳，忙问："这是什么？""奶奶，这是匹白色的小马驹！在我回家的路上，见这可怜的小东西独自躺在地上，我怕夜黑被狼吃了，就把它弄回家啦。"

日子久了，小马驹长大了。它浑身的毛雪白雪白的，十分招人爱。苏合对小马驹更是爱恋不已。

一年春天，王爷要在草原上举行赛马大会，要为他的独生女儿选最好的骑手做夫婿。王爷说："谁要得了头名，女儿就嫁给谁。"朋友们都鼓动苏合，让他牵着小白马去参加比赛。经不住众人的怂恿，苏合牵着心爱的小白马出发了。

比赛开始了，苏合将所有的参赛骑手远远地甩在了身后，人们的目光齐齐地盯着英俊少年和那匹漂亮、强健的小白马。喝彩声、呼喊声在草原上沸腾着。

"叫骑白马的人上来！"王爷说。

苏合牵着小白马走上看台。王爷一瞧，不高兴了："你一个穷牧民，也跑来比赛。还想娶我的女儿？"王爷不屑地看了一眼苏合说："给你3个大元宝，把马留下，你走吧。"

"你给多少钱我也不卖！"

"敢跟王爷顶嘴。来人呀，拉下去狠狠地打！"

苏合被王爷的"狗腿子"打得昏倒在地。王爷带着小白马，领着打手们耀武扬威地走了。

苏合被朋友们背回了家。在奶奶的精心照料下，苏合的伤很快愈合了。一天晚上，苏合躺在床上，想起小白马，伤心地流下了眼泪。这时，他听见门响了一声。苏合跳到地上，问了声："谁？"但没有人回答。"是小白马，一定是我的小白马回来了。"苏合猛地将门打开，"真的是你，我的好朋友，你真的回来了！"苏合抱着小白马，疼爱地抚摸着它。

可这时，小白马"轰"的一声倒在了地上。它身上中了好多支利箭。苏合大叫一声，扑倒在小白马的身上。拔一支箭，苏合大叫一声。可是，第二天，小白马还是死了。

原来,王爷得到这匹小白马后,非常高兴,便想骑一下。没想到,王爷刚跨上马背,就被小白马摔在地上,然后小白马飞奔而去。又羞又恼的王爷捂着摔疼的屁股,叫人向马射箭。小白马虽然中了箭,但它还是拼尽力气跑回了主人家。

小白马的离去,给苏合带来了无限悲痛。他再也没有任何心思做别的事情了。一天晚上,苏合梦见了小白马。小白马偎在苏合的身边,开了口:"主人,不要悲伤。只要你把我身上的筋骨做成琴,我就永远在你身边了。"苏合哭醒了。他按照小白马的话,用它的骨头、筋、尾做成了琴。

他把这把琴带在身边,日日夜夜地演奏。那琴声时而婉转,时而低沉,时而高亢。草原上的牧民一听到这动听的琴声,一天的疲劳便一扫而光。从此,马头琴的琴声总是伴随着马背上的蒙古族人。

(艾梅)

# 哈密十二木卡姆及其传说

木卡姆，是新疆维吾尔族劳动人民在长期艰辛的生活中，集体创作的一种集歌唱音乐、器乐音乐为一体的综合艺术。

哈密木卡姆是新疆木卡姆的重要组成部分。有学者认为，哈密木卡姆是伊州乐的活化石。

哈密木卡姆与新疆其他地区的木卡姆相比，不论在音乐结构上、唱腔上，还是在歌词等方面，都有较大的区别。哈密木卡姆的民间音乐成分更多些。经过民间艺人不断整理和充实，按照每年12个月的习俗，综合成十二套，定名为"哈密十二木卡姆"。

哈密木卡姆不是某个时代的产物，也不是某个人的创作，而是哈密广大维吾尔族劳动人民在漫长的历史岁月中逐渐整理、吸收、充实、完善而形成的。

哈密是新疆东部的一片绿洲，与中原大地相接。居住在这里的各族人民千百年来和睦相处、相互帮助、相互学习。这一点，在语言方面表现得更为突出。哈密木卡姆在歌词中直接吸收汉语词汇，有的甚至整段地使用汉语唱词。

哈密木卡姆唱词中还保存了大量的哈密维吾尔族的方言、土语、回鹘语和突厥语，也有部分阿拉伯语、波斯语以及汉语。与南疆维吾尔木卡姆相比，哈密木卡姆在音乐结构、曲调、节奏以及演奏乐器、演唱形式方面，都有自己的地方特色。

哈密木卡姆每首曲调都有唱词，就连每一分章出现的欢快的麦西来甫和赛乃姆等套曲也是有歌词的，所以说哈密木卡姆从头到尾都是有唱词的，中间决不会有像喀什木卡姆那样出现的间奏曲或器乐曲。这又是哈密木卡姆的另一特色。

哈密木卡姆有一个重要分支。它流行在哈密东天山以北的伊吾县，民间称伊吾木卡姆。它的形成还有一个感人的故事。

大约在19世纪末20世纪初，有一年，哈密回王进京朝觐。那个时代，哈密人进一趟京城，往返一般要一年左右的时间。

回王走后，王后寂寞无聊，整天闷闷不乐，茶不思、饭不香。下人们看王后这般模样，害怕回王回来后问罪，就出点子劝王后："叫艺人来弹个曲子吧。"王后便差人叫民间艺人库尔班乌斯达来王府弹唱。

这个库尔班乌斯达是个大艺人，身怀绝技，拉、跳、弹、唱，样样都会，尤其能演唱整部的哈密木卡姆。他的表演歌声优雅，演技娴熟，情节感人。

王后看得入了迷，精神陡然倍增，哪里舍得库尔班乌斯达离开王府呢？就这样，库尔班乌斯达留在了王府。

回王朝觐回来后，王后越发艳丽人。回王十分奇怪地询问王后："我走了这么长时间，你是怎样过的？"王后如实禀报了民间艺人陪伴的经过以及给她带来的欢愉。回王听后吃了醋，起了疑心。自己属下的农奴竟敢在王府里胡作非为，这还得了？一气之下，回王将库尔班乌斯达发配到了淖毛湖。

那时候还没有伊吾县这个建制，淖毛湖是哈密回王领地内犯人的流放地。库尔班乌斯达从此成了回王的阶下囚。库尔班乌斯达在淖毛湖虽然过着非人的生活，但他却没有停止歌唱。在那暗无天日的环境中，他以歌为伴，以歌为乐，将他的悲愤、忧伤、憧憬与希望，都用歌声表达出来。

几十年过去了，他所演唱的木卡姆，形成了独特的风格。不仅发展了哈密木卡姆粗犷、豪迈的曲调，还揉进了悲愤、忧伤的唱腔，唱词的语气也增强了，成为哈密木卡姆另一支具有不同特色的木卡姆曲调。后来，经过几代人的传唱、增减与充实，形成了另外一套大曲——伊吾木卡姆。

（茹　青）

## 艾得莱斯绸是怎样织成的

一段长久流传的美好恋情，一个感天动地的爱情故事，皆缘于艳丽无比的艾得莱斯绸。

浓密卷翘的睫毛下，深藏着一双灵动的明眸；红唇皓齿皆能拨动人的心弦，而那飘逸洒脱的丝绸穿在她的身上，更给人一种幻觉：仙女下凡。看见她，不用说男人的脚粘住了，就连女人也会目瞪口呆。

这个有着百分之百回头率的维吾尔族姑娘就是本文的主人公。她的裙子是她用自己的巧手，把桃花、石榴花等串成五彩缤纷的丝线，织就的艳丽无比的丝绸制成的。

这个美丽无比的姑娘叫海里曼。在她很小的时候父母双亡。为了生活下去，幼小的海里曼只能靠丝织维持生活。每天，她坐在一个小板凳上，不停地织呀织呀，织好后就拿到巴扎上去卖。海里曼织的丝绸艳丽夺人眼目，所以格外好卖。小小的海里曼一天天长大了。她用自己的双手装点着别人的美丽。在不知不觉中，她自己也越来越美，但是她并不知道自己有多美。

眼看古尔邦节就要到了。自从父母去世后，海里曼有很多年没有享受到节日的快乐。海里曼决定过一个与众不同的节日，为自己织一件与众不同的裙子。她跑到山上，将漫山遍野的桃花、石榴花、海纳花以及各种不知名的鲜花采摘回家，她把这些五彩缤纷的鲜花一朵朵地串在一起，然后把它们织成了艳丽无比的丝绸。

这块丝绸虽然艳丽，可还不是她想要的。正在她愁眉不展时，一阵风将丝绸吹落河边。海里曼跑过去准备将丝绸捡起来。就在这一瞬间，她一眼发现了水中美丽的丝绸。微风一吹，波光潋滟，倒映在水中的丝绸一闪一闪的。"好美呀，闪闪的水纹好美呀！"海里曼一下子找到了灵感，她决定用鲜花织成水纹一样的丝绸。

海里曼日夜不停地串呀织呀，终于赶在节日到来的前两个礼拜将丝绸织好。可她只会织，不会做衣服，她只好拿着这块美丽绝伦的丝绸找裁缝阿依先。阿依先看见海里曼手中的丝绸，眼睛都直了。直到海里曼不停地呼唤裁缝小姐的名字，阿依先才"喔"地一声回过神来。单纯的姑娘没有发现裁缝的不良用心，愉快地把绸子交给了裁缝。当阿依先确认海里曼回家后，带着丝绸连夜跑了。

当海里曼按约定好的时间去取裙子时，才发现裁缝店的门锁都已落上了灰尘，海里曼伤心极了。节日还得过，她只好穿着以前的裙子来到古尔邦节的麦西来甫上。她发现所有的人都围着一个女孩子欢跳着，就连英俊强壮的王子尤素甫都被中间的那个女孩迷住了双眼。海里曼好奇地挤到中间，她一眼看到了阿依先。穿着用海里曼的那块丝绸制成的裙子，阿依先看起来光芒四射。

海里曼正准备质问阿依先时，王子一边唱着一边拨开众人来到中间，对阿依先唱道："美丽的姑娘，你心灵手巧，你织的丝绸世上无双，我要娶你做我的妻子……"

海里曼越看越伤心，哭着跑回了家。她决定再织一块一模一样的丝绸。于是，她到喀什的巴扎上去买线。在巴扎上，海里曼看见阿依先与王子牵着手说说笑笑，阿依先还穿着那件裙子。海里曼跑上去让阿依先说明白，为什么把她的丝绸拿跑了。阿依先很不服气，叫海里曼拿出证据来。站在一边的王子一边听两人争吵，一边仔细观察海里曼。"就连生气时的样子都那样美呀，美得叫人心醉。"王子在心里感叹着。王子很快明白了两人争吵的原因，但他分不清谁是谁非，就叫两人各织一块同样的丝绸。

很快，海里曼织出了一模一样的丝绸，而阿依先当然无从下手了。王子明白了事情的真相。他讨厌阿依先不劳而获，对美丽而又心灵手巧的海里曼爱慕不已。他从心里爱上了海里曼。在王子不懈的追求下，海里曼接受了王子的爱情。王子将那块美丽绝伦的绸子，起名为艾得莱斯。

艾得莱斯是新疆极富民族特色的独特产品，是维吾尔族妇女最喜欢的绸料。丝绸有两大产区：一是喀什、莎车的绸，以色彩绚丽、鲜艳著称，图案细腻严谨，常用翠绿、宝石蓝、黄、青莲、桃红等颜色；二是和田、洛浦的绸，讲究黑白效果、虚实变化，纹样粗犷奔放，色彩简单而富有变化。

（艾　梅）

# 馕

馕是新疆各民族人民喜爱的主要面食。它是一种烤制而成的面饼,清脆酥软,味香适口。在特定场合使用还表达着特定的含义,像在维吾尔族婚礼中,有新郎、新娘同吃盐水馕的习俗,表示同甘共苦、白头偕老。

## (一)

很久以前,牧民们无论春、夏、秋、冬一年四季都在牧场上放牧,带来的干粮又干又硬,水又不多,实在无法下咽,可又想不出好办法。

有一天,天热得像着了火。有个牧羊人被太阳烤得浑身冒油,实在受不了了。他赶回毡房,一口气喝了好多水,还是热的难受。这时,他看到他老婆把揉好的一团面放在盆里。他管不了那么多,抓起面扣在头顶上又放羊去了。面团扣在头顶上凉丝丝的,十分舒服,可不一会儿,面团被太阳烤熟了,发出一股香味。牧羊人揪下一块放进嘴里一尝,又香又软,非常好吃。

牧羊人高兴地跳了起来，赶紧把这事告诉了其他牧民兄弟。大家都照着他说的方法做，果然做出的饼子又香又软。后来，没有太阳的时候，大家就用火烤着吃，味道比以前更好了。这就是我们今天所吃的馕的来历。

（二）

唐朝大将尉迟敬德辅佐唐王南征北战，创建帝业，也曾来西域打过仗。那时敬德带着人马在一望无边的戈壁滩上几天几夜也不见人烟，经常吃不上饭，一旦瞧见有烟徐徐飘升，便朝那里奔去。百姓远远望见战马奔腾，尘土飞扬，便纷纷出外躲避。

一天，一户村民和好一盆面，正准备蒸馍时，忽听屋外有人喊："快跑！"于是一家人急急忙忙往外跑，主妇在逃跑时还想着一家人都饿着肚子，顺手端上面盆上了路，跑到一处地方，见后面没有人马赶来，便停下歇息。这时大家肚子饿得咕咕直叫，可面还是生的，怎么办？男主人想了个办法，让大家一齐动手，垒了个土坑子，把白刺、干红柳放进坑里点燃，正准备在火上烤馍吃时，不远处战马又奔来了。

原来他们烧火冒起的烟让唐兵看见了，误以为这里有村庄住户，这户人又扔下土坑火堆找隐蔽处藏了起来。唐兵到这里一看，只有一眼土坑一膛火，并无住户人家，就朝来路返回去了。这户人家看见唐兵走远了，又来到土坑前，这时火已燃尽，只有红红的炭火，不过摸摸内壁，还火烫火烫的，便把面弄成一个一个的圆饼子状贴在烫热的内壁上，不大一会儿就熟了，焦黄焦黄的，掰开来吃，又酥又脆，好吃得很。

后来，回到村里，他们把这个办法介绍给四邻村朋，大家如法试制，果然既容易做又好吃，吃了它既好消化不得胃病，还使人身体强健、延年益寿，这种面食制作方法不胫而走，很快在维吾尔族中推广开来。于是，有了维吾尔族人的传统面食烤制法——"托诺尔"烤馕。

（讲述者：吕贵德）

## 手抓肉

新疆各民族人民非常好客,客人到家必杀羊款待,但羊肉要按讲究来吃。哈萨克族把羊头献给尊贵的客人,蒙古族认为羊肩胛肉最珍贵,柯尔克孜族认为羊股骨最好。因此,在待客时,总是将它们献给尊贵客人或年长者。但不能将上面的肉全部吃完,剩下的要还给主人,否则会被视为不礼貌。

在很早很早以前,有位叫阔里巧克的老人,他在部落里大力提倡对远方来的客人、亲戚朋友要讲究文明礼貌,待人要诚心诚意。所以克亚孜部落成了远近闻名的礼仪之乡,阔里巧克老人也成为最受尊敬的部落首领。在离克亚孜部落不远的地方,有个王国的汗王对克亚孜部落和首领有如此大的名望很不服气,于是就与群臣商议出一条妙计。其属下依照汗王的吩咐将阔里巧克请进王宫,并安排了住所,每天三顿茶水招待,就是不供给食物。到第四天,仆人才把一只香气四溢的炖全羊送到阔里巧克的面前。阔里巧克仔细地洗完手,并做了感谢主人厚意的祝愿后,拿出随身携带的小刀慢慢地割下羊头,吃了半边,用双手摆在对面的盘边上,他接着拿起前腿吃了几块肉,又双手把前腿摆在对面的盘内，然后割了一块羊尾油，又割了两片肝子，把羊尾油夹在中间吃了下去，这时阔里巧克才拿起其他肉大吃大嚼起来。等他吃完净手后，事先安排窥视他吃肉的仆人把吃肉的经过详细禀报给汗王。汗王听后对阔里巧克的吃肉方法很不理解，就亲自去问个究竟。汗王拿起吃了一半的羊头问："这是什么意思，嫌我的羊头不好吃吗？"拿起前腿看了一下问："是嫌肉不嫩吗？"阔里巧克笑着说："尊贵的汗王，一只羊只有一个头，头为生灵之本，羊头是汗王享用的，你赏给了我，我怎么能独自享用哩？至于前腿，你知道，凡四条腿的生灵，都在前腿所走的地方得以温饱。它们喝水、吃草都靠前腿，若没有前腿，我们吃不到鲜美的羊肉，既然前腿有这么大的功劳，我怎么能独吞呢？用羊肝夹羊尾油，那是羊尾油太腻，夹片羊肝，肥瘦均匀，增加食欲，客人可多食其他食物，符合我们客人吃的越多、主人越高兴的好客习俗。"汗王听了阔里巧克的吃肉讲究，轻轻点头称是，并号召汗国全体百姓在衣食住行方面懂礼貌讲文明。从此吃羊肉的讲究流传下来。

（摘自《传说中的新疆》）

# 马奶酒

马奶酒是新疆牧区的传统饮料之一，经奶浆发酵、蒸馏而成。蒙古、哈萨克等民族对客人，常常要敬以马奶酒。它色清、味甘、胜温补，使饮者久久难忘。

很久很久以前，在一次迁徙途中人们又饥又渴，便停下来从马背上卸下马肉及盛有马奶的羊皮口袋吃喝起来，其中有个人打开自己盛马奶的皮袋，一股酒香扑鼻而来，喝完后清凉解渴，劳顿全消，精神焕发。大家感到奇怪，以为是装此马奶的皮口袋特殊。这天，人们用这个皮袋盛了满满一袋的马奶。但是，第二天打开一喝，与一般的马奶无异，大家很失望。过不久，另一位牧民皮口袋中的马奶也飘出了香味。这以后，牧民们便开始留心起来，后来他们发现，凡是有酒香的马奶，都是装在马蹬附近的皮口袋里的。骑马的人双腿夹着马肚子，常常踢打挂在附近的装马奶的皮袋。那里的马奶比一般袋子里的马奶温度要高，时间一长就发酵了。人们从中受到启示，用木棍使劲搅动皮袋里的马奶，马奶发热发酵后，变成醇香无比的马奶酒。酿制马奶酒的方法在草原上一传十，十传百，从此人们都会造马奶酒了。

## 天然美味——阿勒泰野鱼

阿勒泰地区有额尔齐斯河和乌伦古河两大水系。形成了大小不等的众多支流，这些河流均发源于阿尔泰山的南麓。

额尔齐斯河是我国唯一注入北冰洋的河流，它在我国的总河道为 2106 千米，平均海拔约 2380 至 2421 米之间，平均年径流量 119 亿立方米。它发源于阿尔泰山山脉的南坡，富蕴县加勒格孜山地，主要支流有喀依额尔齐斯河、卡拉额尔齐斯河、克兰河、布尔津河、哈巴河等，其支流分别由北岸向南呈梳状注入额尔齐斯河，经哈巴河北湾流入境外，继而注入北冰洋。乌伦古河河道总长 988 千米，年均径流量为 10.7 亿立方米，为内陆河，它由大小青格里河、布尔根河、查干河等四条支流汇聚而成，其中大小青格里河分别发源于青河县北面的阿龙山和三道海子等地，布尔根河发源于内蒙古，由北向南经二台峡谷折向西北，流至福海县城西的萨勒布尔特东端断陷盆地形成今天的布伦托海。

阿勒泰的大河流均系融雪补给型河流。由于高山地带森林密布、牧草丰茂，夏季牛羊满坡，所以山区大量的植物腐质和牛羊粪便，随融雪或降雨所形成的地面径流被带入到河中，水质极肥，浮游生物以及昆虫、蠕虫、甲虫类都非常丰富，而且水的矿化程度低，酸碱适中，宜于鱼类生长。两大河流及遍布的支流的水面为鱼类繁衍生长提供了良好的场所和条件。

在阿勒泰生长着 20 余种鱼类，有鲟鳇鱼、细鳞鲑、哲罗鲑、白斑狗鱼、河鲈、鲤、鲫、高体雅罗、贝尔加雅罗、江鳕等众多的冷水性鱼类。在广阔的水面上，它们生活在水体的中下层，体形多呈为长形或古代农妇纺线的纺锤形状，由于产卵量大、繁殖生长快、游泳能力强、体格大肌肉厚，所含的蛋白质、脂肪高，加上没有人工添加饲料，所以肉质鲜美，烹饪出来的菜更是别具风味。

阿勒泰的鱼在历史上有着极重要的地位：清代《新疆图志》记载"额尔齐斯河产鱼……冬令冰合，每夜得数十百斤"，清朝官员谢彬所著《新疆游记》中"额尔齐斯河鱼类尤多，有名鲟鳇鱼者，食味极佳，每斤须银六、七角"。据当地老人介绍，清末由于内地战乱多有逃难者，无以为食，便以捕鱼为生。在冰上凿一个洞，洞上生一堆火，水下的鱼群迎着光亮向洞口涌来、自己跳到冰面，人们只管捡拾就行了。

上世纪六七十年代，人们在地里浇水时就能在渠道里拣到几千克重的大鱼。牛群或牧人骑马过河时，不经意踏翻几条大鱼不是稀罕事。七十年代以后，由于河的上游被拦上了电网，加上降水量减少和人们用炸药炸鱼等人为破坏原因，鱼的品种和数量明显减少，于是开始了人工养鱼，不管如何养，鱼的味道明显不如野生的鱼类。

在众多鱼类中，哲罗鲑、鲟鳇鱼和白斑狗鱼是比较名贵的鱼类。哲罗鲑,俗名大红鱼,是淡水鱼中大型食肉鱼类,背部色如古铜并杂有黑色斑点。这种鱼体细长、肌肉结实、肉质细腻、味道鲜美。据记载这种鱼曾经在伏尔加河、黑龙江中发现。传说在喀纳斯湖中发现了长约十多米、重达一吨的哲罗鲑。鲟鳇鱼又名鲟,俗名青黄鱼,是一种大型淡水鱼,整个鱼没有一片鳞,它的背部呈灰褐色,腹部是银灰色,头很小,嘴在头部下方,这种鱼肉多无刺,口感极佳,营养价值高,并且胆固醇含量低,是世界淡水鱼中的名贵鱼种。白斑狗鱼,又叫大狗鱼,是布伦托海里的主要鱼种。布伦托海是我国十大淡水湖之一,它有150万亩的水面,烟波浩淼,主要产小白鱼、五道黑、白斑狗鱼等,素来以鱼类多、味道鲜美而闻名。只要是从国道217线过往的车辆和区内外来阿勒泰的行人游客,无不在此停下脚步,闻着清淡的水味,望着与天一色的水面,听着海鸥水鸟的鸣叫,静心等候品尝刚捕到的鲜鱼,尽情享受着新鲜天然的美味佳肴。

　　白斑狗鱼是水中凶猛的鱼王,它的身子修长而灵活,上下两排锐利的尖牙令人望而生畏,一条2千克重的中等狗鱼,张开大嘴可容下成年人一只攥起的拳头,它以各种鱼类为食。据专家测算,它重量每增长1千克,就必须吃掉重量达7千克的肉食,因此常常能在它的肚子内,发现许多被整条吞下的其它鱼种。这种鱼别看它性情凶狠,但它的肉却备受人们的青睐,鱼刺少,肉质丰厚细嫩、营养价值极高,能够煎烤炸炖,是做炒鱼片、炒鱼条、鱼丸的主要原料之一。

　　由于阿勒泰地区的鱼类多天然野生,加之工业污染少,鱼的鲜美味道自然有着无法可比的优势。每到夏季,人们在洪水退后的小河汊或停水的渠道沟里，只用一片一米见方的纱网，随便就能捞到一大堆大小不等、种类不同的鱼。在暑假期间，许多小孩子三人一伙，五个一群，在河的拐弯处或洪水退潮后的洼地里，常有一些意想不到的收获。在天热时抓到的鱼，用刀子剖开，洒上一把盐巴，再用小木棍撑着鱼肚皮，在阴凉处凉干，一到冬天，它就成为各大餐厅十分抢手并价格昂贵的风干鱼，并且是当地人带往各大城市馈赠亲朋好友的最佳礼品。

近几年来，由于受到大量的捕食和封湖、封河等影响，天然鱼的产量逐渐减少，人工养鱼呈现不断扩大趋势，但大多时候，人们还是喜欢吃天然野生鱼。对于一个外地客人，如果到了阿勒泰不吃上一顿天然野鱼，不到阿勒泰随便一个小河沟里捞上一条鱼，可能会是一种终生的遗憾。当你浑身是水、不管不顾扑向一条可能溜走的大鱼时，你的心情一定是愉快而欢乐的。你会在只用一把盐、一锅河水、一堆木柴熬出的鱼汤里，嗅出一种来自大自然的气息、品尝一种通过个人劳动而获得收获的喜悦。

喜悦的关键，在于你参与并体验了这种劳动的过程。

（少净　琼瑶）

## 三台烧酒坊的醇香

新疆吉木萨尔县三台镇被称为酒镇，自古就出好酒。自汉唐开始，此地归属北庭都护府，美酒佳酿闻名于世，至今已有两千余载。

三台烧酒房遗址位于三台镇。三台酿酒历史悠久，所产白酒醇厚绵香，多次荣获大奖。古代，每当粮谷丰盛时，当地民众便以三台美酒盛宴四方宾朋、来往商户和远乡游客，同时将这美酒运往四方。

据说盛唐年间，有一个李姓富商，同年迈的父亲及家小在西域的碎叶城经营杂货，家境殷实富足。后来，商人的父亲年岁大了，意欲叶落归根，一日比一日更加思念中原故土。再加上当时大唐国力兴盛，庶民富足，商人便产生了归乡的念头。

长安四年的盛夏，李姓富商携家带口，踏上了东归之路。一行人，十几辆车，一路上吱吱呀呀，直奔通往蜀川的金满驿站。

沿途的峰峦气势磅礴，路边林烟树雾，古榆枝叶婆娑，风景如画。这时，一个小脑袋从车篷里伸出来，朝四周一看。嚄！美呀！于是，"小脑袋"嚷着要下车。

商人自进入庭州这块风光绮丽的绝佳胜地，已有些乐不思蜀，听到此言就乘兴停车下马，埋锅做饭。商人趁休息时打开酒葫芦，自斟自酌。这个孩子也嚷着要吃酒。商人便把酒葫芦给了这个孩子，哪知他把十多斤酒都倒在了地上。

这个孩子，便是5岁的李白。这个地方，就是三台镇南街。

过了1000多年，清朝乾隆年间，从三台西面的驿道上卷过一道尘烟，驼铃声、马蹄声在土浪中大作。只见旌旗飘动，飞彩流翠；枪矛盾角，大显兵威。这是乾隆皇帝三年前调遣的讨伐、平息西域兵乱的八旗军旅。如今叛乱平息，国泰民安，于是5万大军浩浩荡荡地班师回朝。

当时，出征时都带各行商贾、杂人做军需勤务，现需要巩固、发展边陲，于是好多商贾、艺人便留在了西域，各自谋求栖身之所。

山西杏花村的潘氏兄弟就这样来到了三台。见此地水色山光宜人，四周林木森然，是个立足生根的好地方，兄弟俩便在此地开荒造田。从此，人们便把这里叫做潘家台子。

这里是山区，潘氏兄弟根据土质、气候条件种了好多青稞。看到青稞长得籽饱粒满，潘氏兄弟于是就想起了父亲传给他们的酿酒手艺。因当时边陲冶炼业并不发达，他们竟连一个铁锅都找不到，酿酒计划只好搁置了下来。

一天夜里，老大做了个梦，梦见一口天锅驾着七彩祥云落到他面前。他心中一喜，梦醒了。他觉得奇怪，便跨上一匹大马四处追寻。次日正午时，他看到一眼泉，泉边放着一口锅。兄弟俩便在这里建烧酒坊，用清泉水煮青稞酿酒，果然浓香喷鼻，没多久就誉满庭州。

随着东来西往的商客，三台的青稞酒便销到了古城子、迪化，甚至包头。潘家兄弟看到了酿酒业的前景，于是又扩大烧酒坊，大建作坊，使三台的酿酒业得到了发展。他们还修了一个酒仙庙。后来，潘氏兄弟死了，灵柩就停在那里。

潘家的后代觉得家业太大，容易招来横祸，就把家业典卖给了别人。没过多久，就遇上了清朝同治年间的兵乱，连东大龙口拱拜沟的烧酒坊也废弃了。

清朝光绪年间，一位姓赫的酿酒匠到了三台镇。他坐在石头上休息，闻到了石头上的酒味，又闻到龙口下来的泉水也有酒味，便循溪寻源，找到了西大龙口的烧酒坊。他收拾残存的器具，搬到三台镇重开烧酒坊。

过了10年，赫姓人家回了老家。此后，三台烧酒坊的主人几经更替，生意始终兴隆。

传说故事到此似乎该结束了。至于那口天锅，人们都说是李白的酒魂仙游庭州，"欲将西樽酬故乡"，所以才赐锅一口，使庭州成为酒乡宝地，以富后人。

（王春莲）

## "穆塞勒斯"的美丽传说

传说古时候的喀什噶尔河与叶尔羌河交汇处的阿瓦提绿洲上，住着一个名叫木沙也提的刀郎人。他生性热情好客，即使在偏远的大漠深处和遥远的山区，也有他的亲朋好友。他起早贪黑种了几架个大皮薄的红葡萄，想让朋友们来尝尝，由于相距太远，朋友们虽答应说一定要来，但总因农活忙，没能及时来。眼看天气渐渐凉了，早晨起来葡萄树上的叶子都挂了霜花。木沙也提生怕熟了的葡萄坏了烂了，于是就把它们从架上一串一串摘下来，用水清洗干净，摆放在坛子里封住口，再也不去管它了，就等着客人们的到来。

就这样过了好久，突然有一天，客人们不约而同地来到了。木沙也提一家人喜出望外，赶忙杀鸡宰羊款待朋友们。饭吃到一半时，他忽然想起坛子里还准备了葡萄。大家帮他抬出坛子，打开盖子后一股浓郁的香气扑鼻而来。往坛子里仔细一看，曾经颗粒饱满的一坛子葡萄却变成了葡萄汁。木沙也提只好遗憾地说："我原来是想请大家来吃葡萄的，可现在已经变成葡萄汁了。尽管这样，你们还是品尝一下吧，这也是我的一片心意啊！"

朋友们感念木沙也提忠厚纯朴，便把一碗碗葡萄汁都喝了下去。没曾想过了一阵儿，居然一个个都解除了疲乏，心情也舒畅了许多，只觉得头脑晕晕忽忽的，两只脚步履蹒跚像踩着棉花。于是，大家便情不自禁地手舞足蹈，跳起了热情粗犷的刀郎麦西来甫。

从此以后，木沙也提在每年葡萄熟了的时候，都要把它们摘下来挤出汁，装进坛子里密封起来，40天以后打开喝。这就是穆塞勒斯的由来。就这样，穆塞勒斯的名声像长了翅膀一样，迅速传遍阿瓦提的一个个村落。人们学着木沙也提的样子，把摘下来的葡萄挤压成汁后蒸煮，经过一个时期的封坛之后，就打开坛子开怀畅饮，尽情享受。

关于穆塞勒斯的发明，虽然没有留下详细的史料记载，但在阿瓦提民间，还有一个它产生手爱情的美丽传说呢。

传说缘于一个叫阿曼古丽的美丽姑娘。她居住在叶尔羌河边。一次偶然的邂逅，胡大让温柔的阿曼古丽和剽悍的刀郎小伙子买买提明一见钟情。两人从此朝朝暮暮，相依相偎。当时的刀郎人注定是要不断迁移漂泊的。千般无奈，万般不舍，一天，买买提明在留下一句誓言之后，还是离开阿曼古丽远去了。

葡萄熟了的时候，就是买买提明回来的时候。阿曼古丽就这样期盼着。可是，葡萄熟了一年又一年，心上的人总是迟迟不见归来。

因了他的一句"葡萄熟了的时候就回来娶你"，她年年岁岁在葡萄树下怀想16岁那年的月光。阿曼古丽在烧煮葡萄汁的时候，没有人知道她把多少思念、多少期盼、多少等待、多少渴望煮进了葡萄汁里。然后，夜夜举杯，向着买买提明远去的方向，在微醺时把自己想象成他最美丽的新娘。这是她最幸福的事情了。

秋天来了，无论多么茂盛的葡萄树也无法抗拒季节轮回的规律。叶子开始一片一片地凋落，枝权上的葡萄也开始由圆润、饱满慢慢变得萎蔫了，一如阿曼古丽的青春。

自古多情空余恨，因了一个痴情女子的坚贞爱情，阿瓦提刀郎人便有了穆塞勒斯。

（赵天益）

## 巴尔楚克的传说

传说很早以前,从西方来了一位外族老圣人,没人知道他的名字。听他说是来传教的。

老圣人穿的衣服很怪,身着长袍,肩上搭着褡裢。他背着一袋干馕,腰间挂着一个水皮袋和一把小刀,骑着一只梅花鹿。他不停地朝着太阳升起的方向走。

有一天,他经过大沙漠遇上了风暴。狂风卷起沙土昏天黑地。老人又渴又饿,水也喝完了,干馕也快没有了。只听"扑咚"一声,老人身后的梅花鹿倒在了地上。他孤零零地站着,想了很久,他拔出小刀,手颤抖抖地向鹿脖子插下去,接了一皮袋鹿血,又把鹿的头割下来埋好,背着鹿肉继续向东走去。

一路上,他饮着鹿血,吃鹿肉,克服不少困难。一天,他走到一片沙丘,鹿肉快吃完了,老人拿出小刀,想把骨头上的一块肉割下来。一不小心,小刀折断了。老人把小刀插在沙丘上。用做回途的路标。之后,老人继续往前走。不知老人是否走到他要去的地方。他从此再也没有回来。

后来,他的信徒们来找他,发现了鹿头,他们在那里建立起了一个村子,起名为"巴尔楚克",维吾尔语"鹿头"的意思。后来又在折断小刀的地方形成了一个村子,起名"皮卡克村",即小刀村的意思。

(汪永华　马树康)

## 帕米尔的传说

帕米尔，古代称为葱岭。山高严寒，空气稀薄，塔吉克族人民世世代代生活在这里。那么，葱岭什么时候改称为帕米尔了呢？

相传，古时候，在这万山耸立的葱岭高原上居住着一位勤劳美丽的塔吉克族少女，名叫帕米尔。帕米尔从小丧失父母，一个人靠放牧为生，坚强地生活着。在她看来，葱岭就是养育她的亲生父母，她永远也不愿离开葱岭的怀抱。

随着岁月的流逝，姑娘长到了十八岁，已经到了成婚的年龄，要是姑娘不那么钟情葱岭高原，有一点点贪图安逸的想法，凭着那天仙般的美貌，完全可以找到一个门第高贵的王子，过上富贵的生活，但帕米尔姑娘并不迷恋这些庸俗的东西。在众多人求婚时，她却提出了一个奇特的条件，就是她不能离开葱岭，谁愿意到葱岭来生活，就嫁给谁。消息传开，这些王孙公子们一个个偃旗息鼓，再也不来求婚了。一晃几年过去了，帕米尔姑娘由一个十八岁的少女长成二十几岁的大姑娘，但她还是坚持自己的信念。

帕米尔姑娘的决心，感动了葱岭山神。一天，她梦见一位和蔼可亲的老妇人慈祥地望着她说："孩子，你受委屈了，你真是一个好姑娘。"老妇人停了一下，又说："你做的对啊！咱们这块地方，从前有许多人居住，后来有些人变懒了，一个个都跑到平原上去了，如今只剩下你——一个，因为你爱这块土地，决心在这里生活下去，连你的婚事也耽误了。其实他们一个个都是目光短浅的庸人，他们不知道葱岭的九十二道岭，岭岭都有财宝，就在你经常放牧的密斯孔木山，就有一个万宝洞，这把金钥匙就是洞门的钥匙，给你，你拿着金钥匙去找吧！"

说完，老妇人一跛一拐地走了。

帕米尔姑娘醒来，梦中的情景记得清清楚楚，低头一找，自己的枕头边上果真放着一把金钥匙，她惊喜万分。天一亮，帕米尔姑娘赶着羊群向密斯孔木山走去。到了密斯孔木山，在一道石壁前果然找到了一个小洞。帕米尔姑娘摸索着向洞内走去，走到尽头，看到洞壁上有两扇大石门，大石门上有一个小孔，她把金钥匙往里面一插，门自动打开了，她走进去一看，整个山洞堆满了金银。帕米尔姑娘真正意识到梦里的老人对她说的话是真的，葱岭处处有财宝；只是缺乏有志人。

帕米尔姑娘用金钥匙打开了宝洞的消息像风一样传遍四面八方。这时，那些曾向帕米尔姑娘求过婚的王孙公子们见财眼开，他们一个个又带着彩礼，千里迢迢来到葱岭向帕米尔姑娘求婚。帕米尔姑娘看到这些求婚者蜂拥而至，鄙视地笑了。她想：我还是我，对葱岭的一往情深不能变。每天，这些求婚者都围着帕米尔姑娘无理纠缠，有的拍胸指天海誓山盟，有的甚至溅血誓盟。

帕米尔姑娘听了这些口是心非的庸俗语言，心里非常厌恶。

好不容易等到了夜晚，帕米尔姑娘才得以安静下来，她靠在床头上，想着白天的幕幕情景，心烦意乱，想着想着便睡了过去。在梦中，她又见到了那位白发苍苍的老妇人。老妇人说："姑娘啊！他们看中的不是你，而是你拥有的财富。我已知道白天发生的事情，这些求婚者没有一个是真心爱你的，我有一个主意，明天你用在高原生活如何吃发、睡觉、呼吸这三个问题考考他们。"说完，又在帕米尔姑娘的耳朵上嘀咕了一阵子，然后乐滋滋地走了。

第二天天刚亮，求婚者又蜂拥而来，帕米尔姑娘走出门来，向求婚者宣布：

"你们都是前来向我求婚的，我帕米尔姑娘有个怪脾气，谁要想得到我的同意，必须首先通过在大山里吃饭、睡觉和呼吸的三个关，谁过了这'三关'，我就与谁结为夫妻。"

帕米尔姑娘的话如同在油锅里撒了一把盐，求婚者顿时热闹起来，吃饭、睡觉、呼吸是人的本能，年轻的求婚者们一个个跃跃欲试，等待着过"三关"。

首先来过关的是一位王子，王子年轻，身材魁梧，正是能吃能喝的时候。他漫不经心地走到姑娘面前。看到一盆热气腾腾的饭菜，立即端起饭碗大口大口地吃起来，刚吃几口，就觉得肚内翻江倒海，一点也吃不进去，似乎已经很饱。无奈，他放下饭碗走开了。

王子刚走开，一位长得五大三粗、体态臃肿的贵族子弟又抢先走了出来，据说他是睡觉能人，人称"瞌睡虫"，他凭着自己这一身膘和无人比拟的睡觉本领，大摇大摆地走到帕米尔姑娘面前，让仆人打开自己早已准备好的被褥倒下就睡。可是，今天不知为什么他一躺下就头痛，他辗转反侧，如卧针毡，最后实在睡不着，站起来慌忙卷起被褥狼狈地走了。

第三闯入者是一年轻富商，他中等身材，长得非常壮实，据说他的肺活量很大，一口气能爬1千米山路。只见他很自信地走到帕米尔姑娘面前，别的没说，首先提出要过第三关。帕米尔姑娘用手一指对面的小山。年轻富商一路小跑往山上爬去，刚爬几步，就觉得呼吸非常困难，像有人捏住了他的气管，一口气也喘不过来，接着他高声喊道："我不爬山了，憋死我了。"

其他求婚者看到身壮如牛的王子，贵族和富商都过不了"三关"，看看自己的模样，自觉无望，一个个灰溜溜地离开了。只留下了一个衣衫褴褛的青年猎人站在帕米尔姑娘的面前。青年猎人叫慕士塔格，居住在天山以南的一个边远山村。同帕米尔姑娘一样，从小失去了父母，靠讨饭为生，长到了十几岁就扛起了父亲留下的猎枪四处打猎，不论是长年冰雪的天山，还是古树参天的沙漠胡杨林都留下了他的足迹。他聪明伶俐，勤奋好学，不几年就学得了一手好枪法。由于家境贫寒，猎人慕士塔格长到二十几岁也没有人给他提亲。一天，他正在天山打猎，忽然看到一只凶猛的老雕抓住了一只小岩鸽，小岩鸽在天空中发出悲惨的呼救声。慕士塔格生来心地善良，他看到小岩鸽的悲惨境地，慈善之心驱使他举起了猎枪，瞄准老雕的头放了一枪，只见老雕抖动了一下翅膀，像一团黑布从天空中落了下来。老雕死去了，岩鸽得救了。猎人慕士塔格将小岩鸽托在手上，擦去岩鸽身上的血迹，给伤口抹了一些草药，然后对岩鸽说："可怜的小东西，你的家在什么地方？你可以飞回去了，以后需要我帮忙的时候，来找我好啦。"

可是，小岩鸽并不急于飞走，它眼里流出了难过的泪珠："救命恩人，你真是天下最善良的人。你帮我逃过了一大难，现在该我帮助你啦！"小岩鸽停了停，转悲为喜，接着说道："我原是葱岭山神的一只信鸽，我和你一样一生做好事，这次是奉葱岭山神之命来寻找爱神，为一位美丽可爱，坚定而勇敢的姑娘找一位如意郎君，今天遇到你，这是天神的安排，你可以去向这位姑娘求婚。"

小岩鸽说完，从嘴里吐出一颗玲珑剔透的小珍珠，让猎人慕士塔格放进嘴里含着，指着一条路对猎人说："顺着这条路一直向西走，走到葱岭之上，你会遇到一位貌似天仙的姑娘，她就是你的心爱之人。遇到困难你在心里说，珍珠珍珠帮帮我，到时自然会过关的。"小岩鸽说完，低头道过谢，展开翅膀飞得无影无踪了。这时，猎人慕士塔格才从如梦如幻的情景中清醒过来，然后顺着小岩鸽指的方向朝葱岭奔去。一路上，也不知为什么，山再高，路再险，他都不费力气翻过；河再宽，水再急，他身轻如燕跃过，他夜以继日赶路不饥不渴。不几日他就赶到了葱岭。等他找到地方时，正赶上王子、贵族、富商过"三关"，他站在一边等待着，他想起了小岩鸽对他说的话，他在心里说：珍珠珍珠帮帮我。

这时，众多求婚者都畏惧"三关"纷纷逃离，只剩下帕米尔姑娘和猎人慕士塔格。慕士塔格大胆地望着美丽的帕米尔姑娘，等待着帕米尔姑娘下令过"三关"。帕米尔姑娘看了看站在自己面前这位仪表堂堂但衣衫褴褛的青年猎人，感到迷惑不解，心里想难道他也是慕我的财富而来的？但又看了看青年人那质朴的面孔和粗糙的大手，马上否定了自己的想法，她走向慕士塔格问道：

"年轻的猎人，这辽阔无际的葱岭高原人烟稀少，你来到这里也和刚才的那些人一样是向我求婚的？"

"对"，"你是在等我下令过'三关'的吗？""是"，"在过'三关'之前，我可以向你提几个问题吗？""当然可以。"

"你来这里的目的是什么？"

"是寻找我盼望已久的爱情。"

"你从前以什么为生？"

"我以打猎为生。"

"你一生以什么为荣？"

"以为人们做好事为荣。"

"你一生以什么为乐？"

"以用自己的双手创造新生活为乐。"

听了慕士塔格的回答，帕米尔姑娘心里非常高兴，兴奋的脸上泛出了红光，大声对慕士塔格命令道：

"年轻的猎人，如果你真是为我而来，请过'三关'吧！"

慕士塔格立刻走上前去，心里再一次默念"珍珠珍珠帮帮我"。

慕士塔格顺利地通过了"三关"。帕米尔姑娘没有嫌弃慕士塔格家境贫寒，也没有以自己拥有如山的财富而自傲，当即与慕士塔格结为夫妻。他们结为夫妻之后，并没有放弃劳动，他们知道在葱岭生活的道路还很长、还很苦，自己的财富属于葱岭。

　　以后，他们生下了许多子女，这些子女在他们的言传身教、谆谆训导下，都成为勤劳、勇敢、无私、善良的人。这些人就是塔吉克族人民的祖先。几十年以后，帕米尔老了，去世了，她的儿女们根据母亲的遗愿，把她葬在了葱岭山上。他们为了永远记住创造了幸福生活和养育自己的母亲，就将葱岭改名为帕米尔。

　　帕米尔去世后，慕土塔格万分悲痛，他站在帕米尔的墓前长时间不肯离去，后来变成了一座雄伟挺拔的大山，屹然耸立在帕米尔身边，成为"冰山之父"慕士塔格峰。

（汪永华　马树康）

# 乌鲁木齐

乌鲁木齐是新疆维吾尔自治区的首府，位于天山北麓，准噶尔盆地南缘中部，是新疆政治、经济、文化中心。唐代称"轮台"，近代叫"迪化"。乌鲁木齐具有悠久的历史和众多的古迹遗址，加上其独特的地理位置，使它成为集人文、自然为一体的旅游城市。

阿弗拉斯亚甫时代有一位伯克，他的手下有四万手艺人，从事着各种各样的行当。其中的四十位生意兴隆，家族繁盛，广受尊敬，因而承担着缴纳赋税、充实国库的职责。

四十位巴依忠君爱国、慷慨无私。伯克为他们的精神感动，特意颁布命令，免除百姓四十年的赋税。消息传出，伯克领地里的百姓以及那四十位巴依都欢天喜地，不胜感激。

自打命令颁布以后，四十位巴依都为百姓减轻了负担而高兴，可是自己身上的负担却不知增加了多少倍，为此他们也禁不住忧心忡忡。万一生意不佳，收入减少，纳税的任务完不成，国库的财源就会枯竭。

于是，巴依们绞尽脑汁，全力以赴，千方百计改善经营，增加利润，以扩大国库收入。巴依中，有一个叫铁木尔的人，他财富无数，缴税最多，他家的台柱子是第九个儿子沙卡尔。沙卡尔在经营上颇有心计，善于通过货物的交换赚取利润，因此，人们给他取了绰号叫禹鲁木齐，意思是"商品交换者"。

沙卡尔在积聚财富方面，比其父有过之而无不及，为人也慷慨豪爽，心思都用在强国富民上。他想离开古老的迪克亚努斯城，到别处去建立一个大的市场。于是来到今日的乌鲁木齐这块地方，开了一家客栈，为那些从事东西方贸易的商人们提供一个歇脚的地方。在客栈里，客人们能够得到饮食，货物也有了安全保证，为他们旅途顺利、买卖发财提供了有利条件。沙卡尔的善行义举很快传遍四面八方，许多从前走其他路线的商人也改走经过沙卡尔客栈的道路。这样一来，客栈的名气更大了，住宿的客人络绎不绝。

如此的红火生意持续了七年，沙卡尔的小客栈发展成为一个大市场，各地的商人再也不用把货物从一个城市转运到另一个城市，饱受旅途劳顿之苦了。现在他们只须把货物运到沙卡尔的市场，就能完成交易。

沙卡尔的手下人进一步完善市场的各项服务，增加了收入，沙卡尔的财富越来越多，上缴国库的税款也就成倍增加。

听到沙卡尔的神奇经历，伯克深受感动，他上奏皇上，并告知所有臣民，从此以后，这座新城就用其创建者的绰号"禹鲁木齐"来命名。在使用的过程中，"禹鲁木齐"逐渐被"乌鲁木齐"这一名称所代替，并越来越响亮。

（讲述者：卡斯木·加马尔）

（搜集者：海热提江·吾斯曼）

## 麦盖提

麦盖提是喀什地区的一个县名。关于这一名称的来历，有一则悲壮的故事。

很早以前，在新疆的南部有一条美丽的河，河的两岸，水草丰盛、土地肥沃。这块地方有个游牧部落，他们安居乐业，过着太平日子。

这么美丽的地方，不知怎么被一个长着鹰钩鼻子、两只犀牛角、四只手的怪兽知道了。它要占据这块地盘。怪兽一来，狂风大作、飞沙走石。从此，这地方就不太平了。

怪兽占据了这个地方后，每天要吃掉十匹马、十只羊、十头牛和一对童男女。从此，这里哭声一片，渐渐败落。

部落里有个叫米格提的勇士。他身强体壮，有着无穷的力气。他看到怪兽无恶不做，决心要除掉怪兽，为百姓造福。

一天夜里，米格提做了一个怪梦：一个老人对他说："孩子，你去东河边，那儿有一丛盛开的野花，花下有一瓶神蜂毒汁和一把七星宝剑，用它可以除掉怪兽。"说完便不见了。

第二天，米格提在东河边真的发现了一丛野花，并挖到了毒汁和宝剑。他和部落里的人商量后,把毒汁用皮袋子装上,放在羊身上,赶着十匹马、十头牛、十只羊,领着一对童男女去给怪兽进贡。怪兽见米格提送吃的来了,非常高兴,大口吞吃起来。不一会儿,毒汁的毒性发作,怪兽捂着肚子满地打滚。这时,米格提抽出七星宝剑和怪兽拼杀起来。杀了三天三夜,米格提终于战胜了怪兽,但是米格提也因伤势过重,永远地闭上了眼睛。

  人们为了纪念他,就把部落取名为"米格提",也就是今天的"麦盖提"。

(讲述者:李永志)
(采录者:余汉文)

## 魔鬼城

距克拉玛依市 100 千米有一处风蚀地貌，由于长年受流水和风力侵蚀，形成了各种形态的自然景观，人们称其为魔鬼城。

很久以前，乌尔禾是一处有山有水有树有草美丽的地方，那里居住着各族牧民，人们过着富裕宁静的生活。有一年从天山上蹿下一条恶龙，盘踞在白杨河的上游。这条恶龙无恶不做，经常吃牛羊，残害百姓。有一年恶龙张开大嘴向外喷水，顿时，洪水淹没了乌尔禾，并淹死很多人和牛羊，当地牧民说："龙口一张，不是死来就是伤。"牧民把恶龙称为魔鬼（乌尔禾西面有个古地名叫龙口，就是当年龙喷水的地方）。

乌尔禾的牧民中，有一个叫艾里克的青年，他对恶龙伤害牧民、残害牛羊非常气愤，决心为民除害。他对天发誓："真主在上，我艾里克要不把这个魔鬼除掉，誓不为人。"他的决心感动了真主，真主对艾里克说："那条恶龙是天山上一条黑蛇精修炼一千年变的，它有很多魔法，要除掉这个魔鬼除非牺牲自己。"艾里克说："只要能为民除害，就是死了我也心甘情愿。"真主说："如果你是真心要除掉恶魔，那么，你要用自己的血化入湖水,把恶龙引到湖中,恶龙到了湖里,它的魔法就会失灵,眼睛也会瞎的。那时你除掉它的机会就大了。不过,你的鲜血化为湖水以后,再也收不回来了,你只能再活两天。"说完,真主就升天了。

艾里克牢牢记住真主的话。一天,他把许多水牛赶到湖里,正好恶龙肚子饿了,出来找东西吃,来到湖中一看,湖里有很多水牛,它一头钻进湖里捕食水牛。艾里克一看机会来了,立刻刺破自己的皮肤,让鲜血流进湖水里,湖里的恶龙受不了了,顿时眼睛什么都看不到了,在湖水中蹿来蹿去,一直到没有一点力气。艾里克拿着刀子,悄悄走到恶龙眼前,一刀捅向恶龙,然后把它拖到乌尔禾东北角埋了。但恶龙死不甘心,经常在地底下低声吼叫。因此,牧民把埋恶龙的地方叫魔鬼城。到现在,有时还能听到魔鬼城中恶龙的吼叫声。

艾里克杀了恶龙后也因流血过多死了。当地牧民为了纪念他,把他埋在离湖边不远的山顶上。到今天,艾里克的墓还在,不信你到一三七团沥青矿看看,山顶上有个圆圆的土堆,那就是艾里克的墓。魔鬼城下的湖,因为有艾里克的鲜血化在里面,所以被牧民称为艾里湖。

(讲述者:阿不列孜)

(采录者:李鲁禾)

# 核桃沟

　　核桃沟盛产皮薄、油多、味香的优质核桃，引起了为数众多的植物学家的极大兴趣。国家为了保护这一重要资源，已经把核桃沟列为自然保护区。

　　这条核桃沟是怎样形成的呢？传说很久以前，有位声名显赫的吉尔尕郎王爷，他有一位美丽的女儿，名叫萨尔布琴，是王爷的掌上明珠。一个春光明媚的日子，王爷带着女儿一道打猎，他们来到天山草场，那里绿草如茵，景色迷人，父女一行兴致勃勃地边走边谈。不多时，发现草地上有几只鹿，王爷张弓搭箭"嗖"地一声射中了一头鹿，负伤的鹿跟随其他的鹿逃进了森林，萨尔布琴立刻策马追赶。未受伤的鹿很快在森林中消失了，那头带箭的鹿虽然被抛在后面，却仍在顽强地奔跑。一会儿穿过森林，一会儿越过山岗，但由于伤势过重，速度慢了下来，最终倒在地上。萨尔布琴兴奋地跳下马来，准备拿走猎物，突然从不远的大树后面窜出一头黑熊。萨尔布琴的坐骑见了熊，发出一声嘶鸣，撒开四蹄便飞奔而去，萨尔布琴慌忙扔下鹿夺路逃命，可是那只熊很快追了上来。正在危急时刻，传来一阵喊声："不用害怕，我来对付它！"姑娘闻声一看，飞马而来的是一位青年，他纵身跳下马背，挥刀跟那头熊展开了激烈的搏斗，最后他杀死了黑熊。

那位见义勇为的青年名叫巴古图，是个牧马人。他来到萨尔布琴身边，问明姑娘来历，好言安慰，并将自己的马送给萨尔布琴。可是，经过一场惊吓的萨尔布琴哪里敢单独回去，她伤心地抽泣起来。巴古图想了想对姑娘说："我送你回去，上马吧。"说着自己先上了马，让萨尔布琴坐在他身后，然后按萨尔布琴指的方向匆匆赶路。走着走着，天色渐渐暗了下来，他俩只好找个地方歇息。

夜晚，凛冽的寒风中不时传来阵阵野兽的嗥叫，萨尔布琴紧紧地依偎着巴古图，磨难把这对年轻人的心连在了一起。

天亮了，他们继续赶路。可是走了一天又一天仍然走不出这无边的森林和草地。原来萨尔布琴只顾着追赶鹿，没有记清方向，越走离家越远。后来他们又调转马头往回走。这一天，两人艰难地来到一片草地，他们似乎觉得到过这里，仔细一看，正是他们相遇和杀死黑熊的地方。熊和鹿早已被秃鹰啄食得只剩下一堆白骨。看到眼前的情景，已经是好多天没有吃一点东西的萨尔布琴再也走不动了。她从身上掏出珍藏的一个核桃，断断续续地对巴古图说："你把这个核桃吃了……离开这里……别管我……"萨尔布琴终于支撑不下去了，闭上了眼睛，核桃从她手里滑落下来。巴古图不忍心吃掉这个核桃，他怀着悲痛的心情，用尽最后一点力气，把那个核桃埋进土里，自己也倒在萨尔布琴身边再也没有起来。

日月轮回，萨尔布琴和巴古图播下的种子破土而出，渐渐长成大树，结出丰硕的果实。那些果实又落地生根繁衍出越来越多的核桃树。时间长了，人们就把这个山沟叫做核桃沟。

现在，核桃沟山坡上有一棵被称为核桃王的巨大核桃树，据说就是当年那对年轻人播种下的。后来，人们为了纪念他们，把纵横百里的群山分别取名为吉尔尕郎、萨尔布琴和巴古图。

（讲述者：李　和）

（采录者：杨才万）

## 大泉沟

　　从前，玛纳斯河西畔有个小村庄，村里有兄弟两人，哥哥叫买买江，弟弟叫热依提。他们的父母早已去世了。兄弟两人辛勤劳动，相依为命。后来，哥哥娶了媳妇，弟弟虽然十分尊重嫂子，嫂子却总想把弟弟赶出家门，经常在丈夫跟前挑拨是非。时间久了，哥哥相信了嫂子的话，让弟弟住在村边的一间小屋里，独立生活。弟弟热依提并不为此怨恨兄嫂，仍旧辛勤地劳动着。白天，他垦荒种地，管理哥哥分给他的一小块果园；夜晚，他总爱对着璀璨的星空、皎洁的月亮，弹起他心爱的热瓦甫。

　　这天夜里，热依提仍旧对着天空的明月，弹着他心爱的热瓦甫。突然一匹小红马一瘸一拐地跑到他跟前。那马的一条后腿上有一道很长的伤口，鲜血从伤口中流出，染红了那条腿。热依提急忙放下手中的热瓦甫，给小红马包扎好伤口，并且把它牵进自己的小屋。在热依提的精心照料下，十几天后，小红马的伤完全好了，它的红色的鬃毛也渐渐发亮起来，如同一团燃烧的火焰。

　　这天夜里，热依提在梦中梦见了小红马感谢地对他说："尔是个好心人,我一定要报答你。请你记住,你只要在我背上拍两下,你将得到金子;拍三下,你将得到银子。这个秘密,请你不要告诉别人。"第二天早晨,热依提想到梦中的事,便在小红马的背上拍了两下,小红马突然撅起尾巴,拉出了一块金子;他又在小红马的背上拍了三下,小红马尿出的尿突然变成了银子。热依提十分高兴,用金子和银子买了材料,盖起了几间房屋。从此,他渐渐富了起来。

哥哥和嫂子见到弟弟的日子过得很好,很是眼馋,要求热依提向他们说明真情。热依提起初不肯告诉他们小红马的秘密,后来经不住哥哥的再三盘问,便说出了实情。

第二天,买买江找到了热依提,说是要借用小红马。热依提想起在梦中小红马的话,不肯答应哥哥的要求。买买江说:"你要是看在我们是一母同胞的情分上,就把它借给我半天。"热依提无奈,只得答应了哥哥的要求,但要哥哥到中午一定把小红马送回来。

买买江牵回了小红马,妻子十分高兴地对他说:"亲爱的,我们得到了财源,请你抓紧时间让这马驹儿给我们拉金尿银吧!"于是,买买江便不停地拍打着小红马的背,小红马不停地拉金尿银。渐渐地,小红马汗流浃背,十分吃力地拉着金子,尿着银子。买买江不忍心再拍打它了,妻子见了,便将他推到了一边,没好气地说:"天已快到中午了,为了我们能得到更多的金子,还是让我来吧!"她不顾小红马的死活,仍旧拍打着小红马的背,手拍肿了,她便用木棒继续敲打。虽然地上已堆满了许多金银,她却贪婪地还想得到更多的金银。最后，小红马在一阵剧烈的痉挛中发出一声长长的嘶鸣，然后蹬直了四腿死去了。这时，地上的金银都变成了石头。

买买江埋怨妻子不该贪心不足，非但没有得到金银，反而累死了小红马，自己也无法向弟弟交代。妻子懊丧地说："现在说什么也没有用了，只有将小红马埋了，如果热依提问起它，只说它认生，不服驯管，跑到天山里去了。"于是，他们把小红马埋到了果园的果树下。

中午，热依提不见哥哥送回小红马，便来到哥哥家，要牵回小红马。嫂嫂说："小红马挣脱了缰绳，跑到天山里去了。"热依提信以为真，便天天上山中去找心爱的小红马。他找遍了山山岭岭、沟沟坡坡，也没有发现小红马的踪影，便疲倦地倚着松树睡着了。梦中小红马对他说："好心人，请你不要再找我了，我已经被你的嫂子害死了，她将我埋在了果园中。"热依提梦醒后十分悲痛，便到嫂嫂的果园中，挖开虚土，想最后看一眼小红马。哪知，虚土挖尽了，却不见小红马的尸体，只听到地下传来小红马的嘶鸣声。于是，他便继续挖下去。小红马的声音不断地从地下传来，他便不断地向下挖去。他挖呀挖呀，挖开了一口泉眼，泉水从地下流出，但仍不见小红马的影子，他伤心地哭了起来。这时，在泉水的流淌声中，又传来小红马的声音："好心人，请你不要为我伤心，我虽然不能为你造福了，但我的灵魂将随着泉水浇灌大地，造福于千千万万善良勤劳的人们。"

后来，那股泉水浇灌着大地，大地长出了青草，六畜健壮，禾苗得到滋润，年年五谷丰登。天长日久，那泉水冲出了一条大沟，叫作大泉沟。如今，大泉沟年年有金色的麦田、银色的棉田，处处有金色的牛群、银色的羊群。那就是当年小红马为勤劳的各族人民拉金尿银的地方。

（讲述者：乌甫尔江）

（采录者：戚宗云）

## 水磨沟的传说

从前,水磨沟叫旱磨沟,为啥旱磨沟变成水磨沟了呢?

传说,王母娘娘有一天在天池洗完澡,叫仙女瑞香给梳头。不慎玉梳掉到地上打碎了。王母娘娘一气之下将瑞香贬到下界,又暗地里叫妖魔山的蜘蛛精把她吃掉。瑞香贬到下界变成一只蝴蝶。一天,她在山下采花蜜时,叫蜘蛛精织的网给粘住了,蜘蛛精张嘴就要吃瑞香,瑞香吓得大声叫唤,一下惊动了正在西游的何仙姑。何仙姑见此情景,就用手一指,便把蜘蛛精定在妖魔山下了。瑞香赶紧跪下说:"不是仙姑相救,我就没命了,请仙姑给我指一条生路"。那个时候,这地方花很少,何仙姑就叫她在这儿好好种些玫瑰花。

现在玫瑰花是乌鲁木齐的市花,就是从这个时候有的。

何仙姑救了瑞香,把蜘蛛精变成了蜘蛛山,得罪了王母娘娘。王母娘娘要重罚何仙姑呢,几个大仙都跑上来说情,王母娘娘就把何仙姑从蓬莱山发配到旱磨沟来磨面。吕洞宾同情何仙姑,就说:"要去,我们八个人都去。"八个仙人一起到了旱磨沟,在山上修了一个八仙庙陪伴何仙姑。何仙姑在旱磨沟磨面的事让天池海子里的龙王敖西知道了,他就叫海蚯蚓从天池底下打了一个洞,把水引到旱磨沟,帮助何仙姑推磨。洞打成了,天池的水就流到了旱磨沟,水虽然不太大,多少也能省一些力气,这件事又让王母娘娘知道了,她就逼敖西顺着海蚯蚓打下的洞往里钻。敖西身子大,咋能钻得进去呢?他就使劲钻呀钻呀,好不容易钻到旱磨沟了,龙头刚一出来,王母娘娘就捡起一块石头打过去,可是没有打住龙王,却飞到水塔山上,就是现在山上的"飞来石"。随即,王母娘娘又拿起神钗,把天池龙王打死了。敖西一死,嘴一张,水从龙嘴喷出来,喷得好高。从此以后,天池的水就流到旱磨沟了,旱磨沟就变成了水磨沟。老百姓为了纪念龙王和八大仙,就在离八仙庙不远的地方修了一座龙王庙。两座庙一年到头香火不断。到这儿玩的人也多,都说水磨沟的蚯蚓比别的地方都大,它是海蚯蚓变的能不大嘛。

(佚　名)

## 猩猩峡与星星峡

由甘肃进入新疆要经过星星峡。过去，星星峡是写成带反犬旁的"猩猩峡"，后来才改写成现在的"星星峡"。

先说这带反犬旁的猩猩峡吧。

唐朝初期，樊梨花带兵征西，她在西凉国大破番兵之后，队伍便直驱西域边关。这守关的大将，青面獠牙，生得十分凶恶，原来是一头猩猩变的。这头猩猩说起来也是颇有来历的。樊梨花在东北守边时，在阵前俘获了薛丁山，她看上了薛丁山的人品，便用刀劈死订过亲的表兄——守关大将杨蕃，与薛丁山成了亲。这杨蕃阴魂不散，转世后名叫苏宝童，老与樊梨花作对。苏宝童原是猩猩所变，生性凶恶狠毒，他能使六把柳叶飞刀，骁勇无敌。樊梨花本是黎山老母的弟子，智勇双全。经过几次交战，苏宝童抵挡不住樊梨花的攻势，被樊梨花一枪挑于马下，樊军得以长驱直入西塞。为了纪念这次胜利，将士们提议把这个关口起名叫猩猩峡。

后来为啥把反犬旁去掉了呢？

原来这星星峡的山上，有一种上好的莹石，每到夜晚，这些石头就闪闪发光，远远看去好像天上无数的星星在闪烁。据说酒泉城里有个商人，带着驮队到高昌国去做生意，夜晚路过这里时，他发现这闪光的石头，以为是宝，便让手下人装了几口袋石头驮回酒泉城，并找来玉石工匠将这些石头做成白色的高脚酒杯，进贡到长安，引起了不少文人的雅兴，写出了"葡萄美酒夜光杯"之类的诗句。正因这夜光杯出了名，"猩猩峡"也就改为星星峡了。

（讲述者：谢承新）

（采录者：孙爱新）

## 塔克拉玛干

　　叶尔羌河是由许多支流汇合而成的一条水量很大的河流,长年奔腾不息,由西向东滚滚流去。河两岸广阔的土地上,森林茂密,湖泊清澈,到处是芳草丛生的牧场。河两岸还出现了一座座繁华的城市,人口逐年增加,人民生活幸福愉快。

　　一天,一位老猎人出城去到很远的荒野上狩猎,老远一看,在一座山丘下,几只狐狸爬在翠绿的枝桠上吃着什么东西。老猎人端枪瞄准射死了一只狐狸,他走过去一看,非常吃惊:只见那密密麻麻的神秘的枝桠蔓藤,横三竖四地交织缠绕在一起,上面一嘟噜一嘟噜地挂着宛若亮晶晶、圆溜溜的珍珠似的东西!原来狐狸是在吃这玩艺儿哩。"这是什么东西呢!"老猎人自言自语地说着,拿了一粒放进嘴里品尝,觉得它的味儿比蜂蜜还甜。于是,便采了满满一褡裢,背回家乡,邻居、亲朋和儿孙们吃了,啧啧称赞。老猎人倒将籽儿收在一起,精心保存了起来。

　　第二年,老猎人将这神秘果实的籽儿种在自家房屋周围。籽儿萌芽出土了,老猎人又是浇水,又是施肥,日日观察,精心管理。三四年过去了,蔓藤儿长得又粗又长,枝繁叶茂,上面一嘟噜一嘟噜结满了果实，味儿比当年老猎人从荒原上采来的还甘甜。老猎人将这果实的籽儿统统收集起来，分送给居住在叶尔羌河两岸的农民们。就这样，家家户户的房前屋后和园子里，都种上了这神秘的果实。到了秋天，果实丰收了，吃也吃不完，便晾干储存起来，放到冬天、春天里吃。一天，民众们不约而同地聚集在一起，经过商议，给这神秘的果实起了个名字叫"塔克"，而将原来生长那果实的荒原，叫"塔克拉玛干"。

（讲述者：买木提明·托合提）

（采录者：艾海提·阿西木）

（翻译者：赵世杰）

## 蝴蝶沟的传说

蝴蝶沟位于福海县北部山区，距福海县城 150 千米左右，距阿拉善温泉沟 20 千米左右，海拔约 1400 米。

蝴蝶沟也叫库别里克布拉克，沟长约 6 千米，四周高山环绕，中间峡深沟长。东西两侧山高岭峻，造型奇特，好似雄鹰展开的两张硕大的羽翼。翼的顶部是挺拔玉立的苍松翠柏，中部是繁花遍野的萋萋芳草，沟底则是茂密的杨柳和白桦林以及叮咚作响的山泉溪流……

这时，你就会发现在阳光照耀下，有片片飘动的彩霞，那彩霞像变魔术似的变幻成各种图形，有的似展翅腾飞的山鹰，有的如仰天长啸的雄虎，有的像扬鬃飞蹄的骏马，神奇而绝妙。这种壮观的场面总是让人惊叹不已，因为，那不是片片彩霞，而是一群群飞翔的蝴蝶！

数以万计的色彩斑斓的各种蝴蝶在花丛中翩翩起舞，花中有蝶，蝶中有花，花蝶交融在一起，使你无法辨清哪是花儿，哪是蝶儿。只是一片灿烂，万般美丽。是什么力量让它们如此爱恋？这里有一个特别美丽但也很凄婉的传说故事。

相传很早很早以前，在阿拉善温泉附近，祖祖辈辈居住着一个哈萨克族部落，周围有着大片的草场，附近散落着许许多多的牧村。这时石头泉旁边的半坡草地上，一个消瘦的老头斜躺在一张木床上，他的枕头垫得老高，看样子是为了能使那纤细的脖子勉强撑着脑袋好不费劲地来回挪动。他黧黑多皱的脸上，一双眼睛又细又长，显得很有神，看东西的时候，里面好像藏着一股幽幽的光。他就是部落首领加依拉吾，如果不是让女儿情人的血玷污了他的双手，那他便是一个最仁慈、最慷慨的首领了。

加依拉吾只有一个女儿名叫阿丽亚，他疼爱女儿到了害怕她出嫁的程度。光阴似箭，转眼他的女儿到了出嫁的最佳年龄。有一次，阿丽亚看中了一个家世卑微但人格高尚、名叫乌拉孜汗的小伙子。她热烈地爱恋着他，一想到他，她的心里就"扑扑"地跳着，每见他一次，便不绝口地向父亲夸赞他的仪态举止和勇敢善良。小伙子更是受宠若惊，愿将整个身心乃至于全部生命来深爱美丽的阿丽亚。他们秘密地相互爱恋着，阿丽亚总是渴望和情人相会，但又不愿被别人发现，于是，便想了一个两全其美的计策，既能放心大胆地相会又不被人发现。

原来阿丽亚住的毡房跟前一座小山旁有一个山洞，小小的洞穴可以直接通到另一座山的山顶，洞内没有光线可以透入，洞口也是荆棘丛生，一般人很难发现，但是它逃不过被爱情燃烧着的阿丽亚的眼睛。阿丽亚辛苦了好几天终于把山洞收拾干净，并用石头摆了一道秘密阶梯，这样进洞和出洞就比较方便了。

就这样，乌拉孜汗和阿丽亚一直在石洞里偷偷幽会，每一次，双方都情意缠绵，久久不愿分开。转眼间，半年过去了，乌拉孜汗不愿这样偷偷摸摸地偷情下去，这违背他做人的原则，他是个光明磊落，顶天立地的男子汉。有一天，他结结巴巴、喘着粗气向她表示爱慕之情和必须结婚成家生孩子的心愿时，阿丽亚羞涩地说："结婚还得去找阿塔、阿帕（爸爸、妈妈）说去。"

乌拉孜汗不愧为草原上的英雄小伙子，他勇敢地出现在加依拉吾跟前，一字一句地说："我一无所有，但我能给你的女儿爱情，爱情能战胜贫穷，爱情能给我们的生活带来光明，请你把女儿嫁给我吧。"

虽然乌拉孜汗的话如此感人，但是加依拉吾还是瞪大了愤怒的眼睛，他没有想到这个穷小子能来向他求婚，他吼叫着说："彩礼你有吗？骆驼、马、羊，你有吗？花毡、壁毯你有吗？你用什么迎娶我的女儿？"

"我对阿丽亚的爱情像巍巍的雪山，茫茫的草原可以做证，我有勤劳的双手，我有一颗火热的心！"乌拉孜汗继续述说。

"我的女儿应该嫁给富人家的公子，如果你再对她纠缠不清，我会把你的心脏挖出来，火热的心就会变成冰冷的心！"加依拉吾说完恼怒地把餐桌上丰盛的、金灿灿的、像小山一样高的包尔沙克（油炸小面果）和两盆子黄油全部打落在地上。

乌拉孜汗目睹了加依拉吾的所作所为，心如刀绞，泪如涌泉，他跟跟跄跄地走在大草原上高声呼唤："胡大啊，我的胡大，请助我一臂之力吧，保佑我和阿丽亚变成蝴蝶比翼双飞吧！"

加依拉吾非常疼爱自己的女儿，虽然与乌拉孜汗的谈话很不愉快，但他仍然像往常一样来到女儿的毡房，跟她聊天，像什么事情都没有发生一样，和情人相会的时间马上就要到了，阿丽亚心如火燎,她焦急地对父亲说:"呵塔,请您去忙别的事情罢,女儿需要好好思考一下与乌拉孜汗的关系。"

加依拉吾见阿丽亚神情急躁,面露喜色。于是起身离去,走到门口又返回身抚摸着女儿的头说:"孩子,父母所做的一切都是为了你的幸福,愿真主保佑你,我的天使!"

加依拉吾刚跨出阿丽亚闺室的门坎,就听到一阵歌声:

我用手臂将你轻轻托起,

你浑身轻如一缕毛羽,

从额尔齐斯河的对岸我来看你,

你的耳环变成一小船游来,

我划上它去找你

……

这首用一颗滚烫的心倾诉的情歌能征服每一个人,但是加依拉吾却气得暴跳如雷。

第二天,乌拉孜汗在石洞上被部落里两名大汉抓住,并将他带到首领加依拉吾面前。加依拉吾说:"乌拉孜汗,你用污蔑和羞辱来回报我对你的仁慈,你那首动听的歌说明你和阿丽亚在继续幽会,这是我的耻辱。"

乌拉孜汗没有反驳,只是说:"爱情的力量胜过你的权力。我的心永远是阿丽亚的。"

"好吧,那就把你的心留给阿丽亚吧。"加依拉吾无奈地向卫士挥了挥手。

乌拉孜汗被两名彪形大汉押了出去。

晚上,加依拉吾和平常一样走近女儿的毡房,他慈爱地拉着女儿的手说:"女儿呀,我对你的贞洁一直是坚信不疑,当我想到你已经长大,并且要嫁人时,我便感到暮年即将到来的惨淡时光。嫁人,要嫁一个身份合适,门当户对的人家。而乌拉孜汗是部落里出身最卑微的人。我已经下令将他抓获,这是对他所犯淫乱之罪的惩罚。"说完垂下头,像个孩子似的竟然流下了眼泪。

阿丽亚顿时明白了父亲为什么在她面前像个做错事的孩子,原来,他们的私情已被发现,她的爱人也因此被抓。父亲等待着女儿嚎啕大哭,但是她没有,她没有像别的女人一样遇到悲伤的事情就泪流满面,就愁眉不展。只是在心里默默地想,如果心爱的人死去,那我也不再苟活人世,我会随爱人一起去的。有了这样的想法后,阿丽亚反倒显得非常镇定,她对父亲说:"阿塔,在我的心目中,大家都没罪过。我不想失去乌拉孜汗,但也不想利用你对我的慈爱和怜悯获得任何恩典。"

加依拉吾望着已经长大的女儿,目光中流露出无限的爱怜,他显得很苍老,十分沉重地说:"孩子啊,真主可以证明我对你的一片苦心,无论我做出任何事情都是为了你的幸福。"

"我的幸福已经被你扼杀了,但我必须告诉你,只要我一息尚存,我将继续爱乌拉孜汗。如果我死后,爱仍然可以存在,那就说明,死神也不能把爱情分开。你们都认为他地位卑微,可我却觉得他是世界上最优秀的男子汉。一个人只要纯朴善良,那他的德性就是可贵的。不过这种评价标准有时会被成见或金钱地位所颠倒。你看重你下属的品行和德性,你就会给他地位,给他钱财,而其他人就会成为你眼中的懦夫了。我不会和一个卑劣下流的人相爱,而是与一个贫穷的人相爱,他之所以贫穷是因为命运的不公平，是命运没有给善良的人相应的酬报。"

加依拉吾瞪大了那双细长而有神的眼睛，他从没有和女儿这么认真的谈过话，也不曾发现女儿还有这么独到而深刻的见解，他吃惊地听着阿丽亚继续诉说。

"如果你决意做一个残暴的父亲，我不会阻拦你，照你喜欢的去做。但是我要告诉你，如果你决不放过乌拉孜汗，那就连我也一起杀掉吧，让我们两人变成蝴蝶再做夫妻。"

加依拉吾真正清楚地认识到女儿灵魂的伟大，但他已经下过命令处死乌拉孜汗了，首领的话必须言出必行、掷地有声，命令更是不容改变。乌拉孜汗的消失也许能让女儿忘掉这段爱情。他让人把乌拉孜汗的心脏割了下来，又派人送给了女儿阿丽亚。

阿丽亚双手捧着爱人的心脏，不停地吻着，吻着。这颗心脏是属于她的，过去、现在、将来，永远都属于她！她的心在说话：乌拉孜汗，你已经走完了生命的全部里程，已经到达了最高境界，你已经远离了贫穷，远离了悲惨的世界。你的爱人正在拥抱着你，吻着你，你的灵魂应该感到满足。

阿丽亚不停地吻着乌拉孜汗的心脏，眼泪一直像泉水一样喷涌。

第二天，阿丽亚穿上最漂亮的新娘嫁妆，把自己打扮的像个出嫁的公主，双手捧着乌拉孜汗的心脏，一个人悄悄地踏过绿油油的大草原，站在一座峰高坡陡的悬崖上，微风轻拂着她的脸庞，阳光照耀着她的躯体，她尽量地把躯体摆得端正，把爱人的心脏和自己的心脏紧贴在一起，说道："主啊，接纳我们吧。"然后从容不迫地跳下悬崖……

部落首领惟一的女儿失去了生命，结束了她悲愤的人生。加依拉吾悔恨自己的残忍行为，决定用最隆重的礼仪把女儿女婿葬到一起，可是却怎么也找不到阿丽亚的尸体，只是在尸体坠落的地方发现了两只美丽的蝴蝶。一对有情人化成了蝴蝶，全部落人都为之悲恸。

第二年夏天，这崖下的山沟里，在两只大蝴蝶的带领下，又飞出许许多多的小蝴蝶，它们或飞翔、或戏舞，或盘桓于花蕊之间吸食花蜜，或双双栖于阴凉枝叶上互诉情肠……

从此，这沟里的蝴蝶年年增多，多得无法用数字计算。总之，密密匝匝，数不胜数，它们成双成对，从一而终，恩恩爱爱，永不分离。想想人世间，许多美丽的传说都是讴歌那令人羡慕的甜蜜爱情，梁山伯与祝英台就是为反对封建礼教追求幸福的爱情而双双化成了蝴蝶。

传说美丽动人，但毕竟是传说。蝴蝶沟蝴蝶多，这主要和生态环境有关。阿拉善温泉沟附近地广人稀，气候温暖，雨量充沛，地形独特，繁花遍野，无毒无害，空气清新，也是蝴蝶生长繁育的理想乐园。据史料记载，蝴蝶这一家族的种类达到18700多种呢！目前，国际市场开始垂青我国的蝴蝶资源。蝴蝶沟既是蝴蝶的王国，又是贵重药材产地。凤蝶——这个沟中蝴蝶之王，以形体巨大和色彩艳丽而著名，每到夏季它便带领着上千种蝴蝶在此翩翩起舞，构成一个五彩缤纷、绚丽多姿的蝴蝶世界，又似乎在向人们展示自己得天独厚的美丽和忠贞不渝的爱情。

(张永江　武琼瑶)

## 英雄"五彩城"

　　自乌鲁木齐出发，沿国道216线向阿勒泰西行，途经卡拉麦里自然保护区。在阿勒泰地区富蕴县境内的古尔班通古特大沙漠的边缘地带，在红柳与荆棘丛生的戈壁深处，你会发现一座废弃多年的古老城池，静静地伫立在戈壁的深处。一眼望去，方圆数里的古城堡，尽收眼底。它是一座由红、黄、白、绿、青五种颜色构成的层次分明的古老城堡，残缺之中仍能想象出当年巍峨的楼阁台榭，棱角分明的山岩亭台，天然的城墙堡垒，在历史与现代之间，让人感到既目不暇接，又有一种沧桑故国的变迁之感，它就是被人们称为戈壁古城的"五彩城"。

　　翻开沉寂已久的"五彩城"古老历史，它的来历与神秘消失，它的勃然兴盛与倏然消亡，夹带着神话与古老传说，更为"五彩湾"增添了一种神秘莫测的色彩。

　　相传在很久很久以前，这里的无垠戈壁并不像今天这样荒凉，而是充满着生命与绿色，这里活跃着各种奇形异状的动植物群，也生活着许多"逐水草而居"的部落。

　　有一天，在这里居住的游牧部落间发生了战争，其中的一个部落首领带着他的军队征战于此，在一个月光之夜里，他们行进到了"五彩湾"。由于长途的奔袭劳顿，他们便将无数的军帐呈圆形驻扎在此处，将战马带上蹄绊放牧于草原上。第二天他们的将军看到这里平坦的草场和水源丰盈的河流，便顿生建立自己国家的念头。于是，他便带着随从骑着马沿着草场巡视了三天三夜，在河流的上游看到了高耸入云的大山雪峰和源源不断的冰川，看到了一望无际的绿色草场，他兴奋地仰头向着天空开心大笑了起来，一种英雄的气慨油然而生。经过踏勘后，他向他的军队和随军而行的商人、家属们宣布命令：我们就是这里的主人！我们不走了！

于是，在随后的日子里，他们放下了手中使用了很长时间的武器，拿起了粗糙而简单的劳动工具，便开始了艰难而又充满乐趣的筑城活动。这就形成了被人们传为神话的卡拉麦拉里部落的第一座城市。几百年过去了，在草原的腹地，在无名的河流岸边，在皑皑的雪峰下，经过一代代卡拉麦拉里人的建设，慢慢地形成了一个在当时十分繁华的草原城市。它吸引着来自东方和西方的旅行者，召唤着无数的商人和驼队，成为了当时繁华的经济中心，随后又由于疆域的不断扩大，政权的逐步强大，成为草原上的政治中心。于是便有了传说中的卡拉麦里大汗国。

当时的部落首领叫罕以达提，他年轻得像早晨的太阳，他精明得如同草原上的狐狸一样，在阳光与空气中他看到了未来，在土地与牧场里他看到自己的兴盛，他和他的族人们雄心勃勃地经营着他的国家和无边的疆土。他首先是建立了巩固的后方，建立了层层的管理机构，明确了官员的职责。紧接着，他领着军队和官员修筑了坚实的土夯城墙，城墙高大而厚实，使一般外来民族无法攀登攻打。并在城墙的外面挖掘了护城河沟，护城河沟深十几米、宽达百米，河中布满各种尖锐的暗器机关，并引来离城不远的河水注满它。为满足战争的需要和军队居民的生活所需，在城市周围，他用马鞭向远方一指，大大地画了一个圆圈，制订鼓励牧人们农牧并举的政策，收获之后，除了上交宫庭的贡税外，其余的一律归个人所有。并下令开垦了积聚数亿年粪土和腐殖物的大片良田，让他的军队和城区的市民们在和平年代里垦荒种地。当时的农作物种类很多，加上雨水的丰沛，土地的肥沃，每年收获是颇为丰厚的。因而他的国库十分充盈，以致他不得不将国库中陈积多年的粮食无偿赠送给邻近的部落，并赢得了邻近国家的尊重和拥戴。

随着国力的不断强大，罕以达提大汗感到了自己的力量巨大无比，望着成群肥壮的骏马，看着他的军队威武在行进，便有了称霸卡拉麦里大草原的愿望。他鼓励他的属民自由地繁衍人口，并对近邻的部落发动小规模的战争，掠夺了大量的妇女和儿童。这样一来，他的汗国人口如同春天的草一样多了，他的疆土也在马蹄的飞溅中，在战刀的挥舞中，日益不断地向外延伸着。四面八方的商人们沿着古老的丝绸之路向这里集聚，带来了外面的各种商品，换走了他大量的牛羊畜产品和成堆的粮食。

望着人口繁密的市区街道，罕以达提大汗意识到他统治的鼎盛时期来到了。于是他命令他的儿子们，带着如猛虎一样强壮有力的军队和望不到边的战车，再一次向更远的地方发动了残酷的开疆拓土的战争。

他的富有让天下感到十分的吃惊：羊群、牛群、马群、驼群遍布广阔的草原，黄金、珠宝和贡品堆满了他的国库，由于长久的存放，这些国库堆放黄金的地面塌陷了下去，时间一长便被周围的泥土深深地掩埋了，以致到目前仍有人在孜孜不倦地寻找这些珍宝。他有许多妃子，她们过着奢靡的生活，享受无尽的荣华富贵。

随着财富的日益增多，他命令被掠来的良工巧匠们，修建雄壮的宫城，大片镶着黄金的宫殿在夜晚的灯光下熠熠生辉。又在城区开辟了很大的市场，供人们在这里交换剩余的物资和进行大批的贸易往来，丰富的物质使它的臣民们享受着丰裕自由的生活。为了满足贵族们的愿望，他命人修建了很大的跑马场和技斗场，常常举办大型的技能比赛，刀光剑影，战马奔腾，以使他的将士和子民们不断在这样的环境里，保持着奔跑的能力和格斗的技能。

他众多的儿子们一个个健康强壮，带领着父汗给他们的军队东征西战，攻城掠池，以父汗的威严和强大，不断地扩张着卡拉麦里王国的国土。罕以达提大汗有一个习惯，众多儿子中谁占领的领土，其中的一半就归属于战胜者，由战胜者自行管理，剩下的一半归大汗管理，由大汗派出官员进行治理。这样一来，儿子们之间相互竞争的激情被充分发挥了出来。在罕以达提大汗晚年的时候，他统治的疆土已扩展到了一个大得连他自己也吃惊和记不住的程度。他的国家已在中亚地区处于群雄之首了。许多部落、国家纷纷归属于他的辖治之下。

为了继续扩张他的统治，维持一个稳定的环境，他采取了

"远交近攻"的策略，与更为强大的远方国家建立了亲密的睦邻关系，相互间互派大量的使者，相互间传递着友好的信息。因此城外的驿道上，常常见到送信的马队从早到晚，连续不断地奔走，一路上腾起了大片飞扬的尘土。

罕以达提大汗以他的自然死亡结束了他长达60年的统治，在众多贵族大臣和后妃的簇拥下死去了。国不可一日无君。不久，在激烈的竞争中，他的长子莫勒扎克继承了汗位。

由于长久的征战，大量人口的涌入，畜群数量的急剧增加，城市周围的环境受到了极大的破坏：森林被一片片砍伐殆尽，草场被畜群践踏而日渐萎缩，河水受到了污染，常常有夹杂着沙尘的风暴袭来，先是一连几天，沙尘暴在城市里四处弥漫，天昏地暗久久不散。后来是连续一个月之久，有时是半年之长。

随着罕以达提大汗的死亡，他的儿子们也纷纷建立了自己的国家，聚集着众多的军队，经营着属于他们的国家和城市。他们名义上归属于王廷的管理，算是卡拉麦里汗国的一部分，实际上随着他们实力的不断增强，渐渐地下再听命于卡拉麦里王朝的命令了。于是一场更大的征战来到了。

随着邻近国家贡赋的减少，加上环境的破坏所造成的恶劣影响，卡拉麦里汗国的国力日渐衰弱。失去了肥沃的田地，失去了生活的依靠，市区的臣民们含着泪水离家出走，开始了他们持续不断的大批外迁。

莫勒扎克大汗当然不允许诸多兄弟自立为王，在调集了大量军队之后，向他的兄弟们建立的国家发动了征讨战争。旷日持久的战争，使日益窘迫的国家财力捉襟见肘，激烈而残酷的战争，也使大量的青壮年男子数量不断减少，于是在一场连着一场的失败中，面对众兄弟的联合行动，莫勒扎克大汗被迫召回了他的军队，做好了固城防守的准备。

　　在战争发生之前，一场百年不遇的沙尘暴首先降临到了这座曾经辉煌的城堡，遮天蔽日的黄沙伴着怒吼的大风，折断了城内城外的所有树木，淹没了才冒出麦苗的广阔田野，城里的大部分房屋屋顶被大风刮走，半座城市都被汹涌而来的黄沙掩埋，人们在黄沙之中悲惨地呜咽着。莫勒扎克大汗的王宫里一片混乱和惊恐不安，人们急躁不安地仰望着失去太阳的天空，陷入了一种世界末日即将来临的惶惶之中。大汗满脸忧愁，心情不安地指挥着，一会儿派出人员寻找失散的畜群，一会儿派出人员搜救被风沙掩埋的人员，他急躁不安地在宫里来回走动着。

　　一连三个月，风沙终于停住了它野兽一样的吼叫，天空渐渐晴朗，城市终于露出了它满是尘埃的身体。莫勒扎克大汗带着他的侍卫们走出了宫殿，沿着城区的大路巡视着：居民们是惴惴不安的表情，整个城市被黄沙填成了一片沙漠的海洋，整个田野和河流被尘土堆满，只剩下几棵被折断的树干，光秃秃孤独地站立在早已是黄沙万里的草原上。

　　莫勒扎克大汗感到死亡的威胁正悄悄地向他袭来，他感到浑身充满着冰冷的寒气，不禁深深地一声叹息。卡拉麦里王国已处于灾难的边缘了。

　　守城的将士急马来报，在城外驻扎了许多攻城的军队，他的兄弟们带着各自的军队包围了这座城市，这些军队已越过了被沙土填满的护城河沟，已架好云梯兵临城下了。望着亲兄弟们的军队，莫勒扎克大汗不禁为卡拉麦里王朝的命运感到了深深的担忧。

在杀声震天的攻城与防守的日子里，莫勒扎克大汗与他的将士们一起，从早到晚，抵御着攻城军队潮水一般的轮番冲锋。在守城的日子里，他命令大臣与城里的妇女儿童，沿着父汗在位时早已挖好的长长地道，向草原的深处奔逃而去。当这些老幼人群含着泪水，回头望着他们曾经生存过的家园时，禁不住悲哀地痛哭起来，泪水打湿了干燥的沙漠，浸透了荒芜许久的万顷良田。

当城墙的缺口被潮水一样的进攻者一点一点扩大的时候，卡拉麦里王国的军队在空无一人的城区，与入侵者进行了一条条街道、一个个巷子的殊死决斗，在熊熊燃烧的战火中，他们血染战袍，挥动着早已钝刃、卷刃的武器，不屈不挠地呐喊着，维护着汗国的尊严，向着敌群不断地冲杀着。

大火在城区里燃烧着，映红了整个漆黑的卡拉麦里天空，悲壮的大汗军队在一片片如雨点的箭矢中纷纷倒下，又有一队队无畏的年轻人涌上来，他们挥舞着放牧的木棍、种田的铁器做着最后的拼搏。

望着自己的王国被对手成片成片地占领和摧毁，莫勒扎克大汗满是血迹的脸庞上，充满着深深的悲怆神色，他命令侍卫们杀死了自己的所有家人，包括自己最喜欢的女儿和孙子们，放火烧毁了曾经那么温暖、那么让他感到幸福与安全的王宫，望着一片片依然冒着青烟的废墟，望着他的家人静静躺在殷红殷红的血泊中，他的脸上立即浮现出一种更加坚毅的表情。

当侵略者大队人马蜂拥如潮地拥向王宫的时候，莫勒扎克大汗正手执利剑,一个人静静地等候在宫廷大门的台阶上。他魁梧的身体如同一尊耸立的铁塔,一种不可侵犯的威严震慑着众多的围攻者,让他们感到不寒而栗地颤抖着。望着手执武器的进攻队伍,望着他曾经辉煌的国家正狼烟四起,他落泪了。刹那间,只听到他仰天呵呵大笑着,随后,抬起右臂将利剑慢慢地横在了脖子上,用力一挥顿时血溅如飞……

曾经雄居草原数十年的卡拉麦里王国颓然地烟硝云散了。

五彩城如同过去一样在夕阳的照射下静穆庄严,空旷的城墙寂寥地站立在黄昏之中,它是那样一个令人难解的谜团,它的历史一个字没有留下,一片纸没有记载,在渐渐荒芜的历史脚步中,渐渐地湮灭了它太阳般的辉煌与荣耀。

即使是现在,当你走入空无一人的五彩城,仍然能够听到隐隐的呐喊声,他们是那样的凄厉而尖啸!你感到如身临其中,无限的感触顿然升起,仿佛看到了昔日的人流滚涌着走过开阔的街道,街市的喧闹声重又在耳际响起。曾经金碧辉煌的宫墙城阙,如今只留下颓然兀立的外形,它们被寂寞掏空了鲜活的灵魂,只留下被风蚀雨淋的残痕。

于是,在后人的传说中,五彩城如同一个难解的谜团,在沙漠、戈壁与寂寞中,在牧群的踩踏和牧人的怀念望一代又一代地流传着。

(张永江　武琼瑶)

## 善良的贾登峪

只要来过喀纳斯湖的人们都会记得,在进出喀纳斯湖的一个大峡谷里,有一个叫贾登峪的地名。它的左右一面是广阔的谷地,峡谷里流着雪山融化的溪水,长满了绿茵茵的草丛,成群的牛羊在蓝蓝的天空下悠闲地流动着;它的另一面是巍峨的阿尔泰山脉,葱郁的原始松林掩隐着洁白的雪山,白云在它的腰上宛如一条飘动的纱巾。就是在这里,流传至今的一段传说让你难以忘怀,说的是年轻善良的青年贾登峪的故事。

(一)

在喀纳斯湖西北角双湖边,有一对勤劳的哈萨克夫妇,他们辛勤劳作,每年春天到夏天都会牵着骆驼、驮着家具、赶着自己的羊群,从冬牧场到秋牧场不停地忙碌着,由于他们非常乐于助人,在当地牧人中留下了很好的声誉。每年秋天,他们转场时路过任何一个村庄,村庄里的人们都会主动迎上前去,帮着卸下他们沉重的毡房,喂好他们疲乏的乘骑和驼队,并将这对夫妇请到自己的帐房里，拿出最好的食物，热情地招呼他们。

有一年秋天，这位牧民的妻子生下了一个健壮的男孩，夫妇俩非常高兴，请来村庄的老人为孩子起了个叫贾登峪的名字。贾登峪是一个聪明善良的人，在他才满3岁的时候，就知道烧好奶茶，煮好羊肉招待远方过路的陌生人；6岁时，他已能一个人骑着马驱赶着羊群帮助父母牧羊了。

在他7岁那年，一场突如其来的大雪封住了通往村里的小路，他便一个人坐着马爬犁，翻山越岭10多千米，替家里和村庄的人家买来越冬所需要的盐巴、火种和茶叶。

他们常驻的地方总被人们称为"洁白的双湖"。双湖是大小相似的两个湖泊，其中一个是白湖，整个湖面呈乳白色，湖水柔和润目。另一个是黑湖，整个湖面如同一块乌黑透明的宝石，掬一捧水在手，水清澈透明，原来它的湖底由于积淀了黑色的矿物质，再清澈的水都会发出乌黑的颜色。每年春天这些湖水的冰面融化了，清亮的湖水总是映着白色的云彩、湛蓝的天空和闪亮的群山。湖上有各种各样从远方迁徙来的野禽，它们带着家人和孩子在湖水里自由地嬉戏着。贾登峪从小就非常善良，冬季大雪时分，常常带来一些食物洒给这些禽鸟啄食，春天孵化的季节，帮助它们筑牢松动的巢穴，并用自己采来的草药替受伤的鸟敷药疗伤。久而久之，随着他的渐渐长大，已和许多鸟儿结下了浓厚的感情，鸟儿常常飞翔在他的头顶，不时地落在他头上和肩上嬉戏玩耍，他们成了和睦相处的好朋友。这些鸟也时常从高耸入云的山崖上，带些颜色十分好看的石子送给他玩，时间一长，他积攒了许多色彩各异的石头。

当他长到 8 岁时，家里来了一个陌生人，他帮着父母为客人烧茶做饭，热情地款待陌生的客人。这位客人是山下村里最富的巴依斯哈白，他有许多的牛羊马驼，也有着大片的牧场，但他却生性吝啬，特别爱占别人的小便宜，因而很受村里牧民的鄙视。尽管如此，贾登峪的父母还是热情地招待着巴依斯哈白。

坐在毡房里的巴依斯哈白总是用两只咕噜乱转的眼睛，习惯地搜索着他作客的毡房的每个角落。忽然他发现了一件宝贝，顿时，眼神变直了，眼睛闪亮了起来，悄悄地伸出他长长的手臂，一把将这件物品抱在怀里。

原来，他发现的是鸟禽们从远处山崖上为贾登峪叼来的小石子，这些色彩斑斓的小石子在树枝编织的篮子里，细润光滑，熠熠生辉。

"啊，我的天哪，这些珍贵的宝石。"他从紧紧抱着的篮子里，拿出一块，吃惊地叫着："你是从哪里捡到的？"

"是从山上的悬崖上捡到的。"聪明的贾登峪一见他的贪婪相，心想不能告诉他实际情况，便急忙遮掩道。

"哈哈，这全是我的了。"他忙打开自己带来的褡裢，一边兴奋地嘟囔着，一边大把大把地将宝石往里装。

"你这样是不讲礼貌的。"贾登峪的父亲看到巴依斯哈白贪婪的样子，感到很生气，忙出面阻止。父亲不喜欢这个巴依斯哈白，因为知道他是一个贪婪的家伙，总爱占别人的便宜。

看到这种情形，贾登峪仍是一副无所谓的样子，转过脸来对父亲说："山上这样的小宝石很多，还有很多像羊羔皮一样大的宝石，我拿不动它们，才捡回这些小的宝石。"

"啊！什么？"巴依斯哈白顿时停止了动作，大张着嘴惊叫道："在哪里？快带我去呀。"

"不远，就在前面。"贾登峪走出毡房，用手向不远处一个悬崖上随意地一指。"噢？"巴依斯哈白立即扔下手中装着宝石的褡裢，兴奋地大叫着，慌不择路地向悬崖边跑去，贾登峪和父亲扛着木梯跟在后面，木梯尚未搭稳，巴依斯哈白已经窜上梯子，爬上了这个很高的悬崖。

"在哪里？在哪里？"爬上悬崖后的巴依斯哈白，急切地向悬崖下的贾登峪大声问道。

"在上边，你自己慢慢找吧。"贾登峪迅速地抽走了长长的梯子。

直到这时，巴依斯哈白才发觉上当，眼珠一转，赶紧告饶。

"对于没礼貌的人，就应该这样对待。"贾登峪扛着木梯对父亲说道。

直到第三天，饿得头晕眼花的巴依终于被救下了悬崖，背着空瘪瘪的褡裢灰溜溜地逃跑了。这个笑话传开后，村里的牧人们觉得十分解恨，纷纷称赞贾登峪机智聪明，他的故事被村里的阿肯编成了歌曲，在草原上传的很远很远。

（二）

在山下村子的两边，住着一个懒惰又贪婪的老妖婆巴乌斯，她常常用谎言来欺骗村里一些善良的牧人，并每次要求被骗的人家拿出所有的钱财贡献给她。村里许多被她骗过的人家最后总是穷得像水洗过一样，对她咬牙切齿却毫无办法。贾登峪闻讯后，总是拿出家里的食品和羊只接济牧人们。但是巴乌斯仍然不改这种骗人的把戏，联合一些狠毒的巴依，掠抢村里牧人的牛羊，毒打与他们据理抗争的牧人，他们的这些所作所为引起了村里牧人的极大忿恨。他们找到了贾登峪商量办法，准备好好教训一下这个骗人、害人的老妖婆。

一天，正当老妖婆吃过午饭坐在门口想坏主意的时候，突然看到贾登峪一个人背着一袋东西向峡谷走去，便好奇地悄悄跟在身后。当贾登峪转过身察看有没有"人"时，她急忙藏在一个水沟里，没有"发现"有人跟踪的贾登峪这才放心地蹲下身子，从袋子里拿出一个金碗埋在一个挖好的土坑里，念念有词地说了几句话，便悄悄走了。老妖婆巴乌斯感到非常奇怪，她决定看个究竟。过了半天，贾登峪又悄悄地回来了，双手抚脸念着什么。老妖婆隐隐约约好像听到"我必须离开你半天，否则就不灵验了，好了，打我吧，棍子"的咒语，她忍着呼吸悄悄观察着偷听着，并默默地记在了心里。只见贾登峪又嘟哝着："如果我再多埋你半天，收成可能还要多10倍呢，但我忍不住了。"只见他又挖开了土坑。"我的天啊，这么多金碗。"老妖婆差一点喊出声来，忙用手捂住了嘴。

原来她看到贾登峪埋下一只金碗，却挖出了10只金碗。

等贾登峪背着沉重的金碗走远的时候，她才站起来拍拍身上的泥土，心里嘀咕了起来，原来还有这等神奇的事情呀。回到家时在，她想了整整一个下午，越想越兴奋，她发现了贾登峪的秘密了，并得到他的咒语，这下子可就发大财了。想到这里她激动得喘不上气来，兴奋得浑身颤抖起来。

于是她急忙打开自己一直锁得严严实实的木箱子，拿出了一大堆金块，这是她多年来骗来、抢来的所有家产，她决定让它们长出10倍、20倍的金块，这样她就可以躺在床上，不愁吃喝过上一辈子了。

天快黑的时候，她趁着夜色背着一个沉重的羊皮袋子走向峡谷，她走到贾登峪埋金碗的土坑前，将金块全部倒进坑里，急急忙忙埋了起来。正当她准备守在这里等候半天时，她突然想到贾登峪的咒语里有必须让人离开的话，便恋恋不舍地走到一个不远的地方等着。等呀等，村里的人全部睡了，月亮落下了山头，由于长时间的兴奋与激动，她感到十分劳累，不久她就一个人躺在草地上呼呼大睡起来，梦中她看到了成堆的金块向她压来，乐得她呵呵大笑起来。当她哈哈笑醒的时候，天已快亮了，于是便伸了伸懒腰，急忙奔了过去。学着贾登峪的样子，闭着眼虔诚地念完咒语，她就小心翼翼地用双手挖了起来，挖了一层没有金块，再挖一层还没有。"咦？！"又挖了一层还没有金块，她急忙辨认起来，是不是认错地方了？不错呀，这就是晚上埋金块的地方呀，于是她又拼命地挖了起来，直到最后，她没有挖出自己埋下的金块，只挖出了一个短短的木棍，于是她便咧开大嘴，伤心地号啕痛哭起来：

"我的金子呀，我的金子呀。"

天大亮的时候，她终于决定去找贾登峪问个清楚。此时贾登峪正在床上沉溺在甜美的梦乡里，当被推醒时，看到老妖婆巴乌斯焦急的脸上露出凶恶的目光。

"你必须告诉我,你为什么能够让 1 个金碗长出 10 个金碗,而我却只能让金块长出木棍,瞧,就是这个该死的木棍。"老妖婆气急败坏地将木棍伸了过来。

"嘘,别说出来,我是男的,放的是一只母金碗,所以能生出 10 个新的金碗,而你埋的是公金块,它们都找母金块去了,这很自然呀。"

"胡说,我的金块都是从男人们那里骗来的,为什么是母的?"

"巴乌斯妖婆,你能骗别人的抢别人的,为什么神不能抢走你的,我看这是神在惩罚你,告诫你。我劝你以后在村里别做坏事了,神都对你生气了。"

"啊!"老妖婆巴乌斯目瞪口呆了。

没几天,在村里的几户穷人家门口,突然冒出了他们被抢走和骗走的金块,他们看到失而复得的东西,吃惊极了,但更多的是高兴。

巴乌斯老妖婆从此以后,不敢再从事那个让人讨厌的行当了。

(三)

贾登峪长到 18 岁时,已是一个身材高大英俊的少年了。由于他满脑子的智慧和聪明,许多人家都托人到他父母那里说亲,想将自己的女儿嫁给他。但是每次说亲贾登峪都婉言谢绝了,他觉得自己需要照顾年迈的父母,加上他得罪了不少的巴依和坏人,如果这些人来寻仇，一定会连累女方的家人。于是，为逃避络绎不绝的说亲人，他带着狩猎的工具，一个人到后山那片原始森林打猎去了。

其实，他有一个重大秘密藏在心中，而且没有对任何一个人哪怕是他的父母说过：那是一个有着美丽月光的晚上，他独自打猎归来，在荒地上遇到了一个头发花白的老奶奶，这位老奶奶一直跟在他的身后，直到他发现为止，她已跟了很长的时候了。

"老奶奶，你为什么要跟在我的身后而不叫住我？"

"我找不到回家的路了。"这位老奶奶急切地回答道。

"你住在哪里？"

"我今年都100岁了，连我自己都迷糊了，我记不起自己的家了。"

"我送你回家吧。"贾登峪思量，这位老奶奶一定就住在附近，她一个老人再迷路也跑不出村子多远。

于是，他便将老奶奶扶上自己的马背，自己牵着马向最近的村庄走去。问了一个村庄又一个村庄，村上的人们没有一个认识这位老奶奶，走到了第二天，老奶奶在马背上沉沉地睡去，看着这位老人单薄的身体，他脱下了自己的外衣披在老奶奶身上。

走了六六三十六天，他仍然没有找到老奶奶的家乡，于是他停下脚步和她商量了起来，他邀请她住到自己的家中，直到有人前来寻找她。

坐在马背上的老奶奶听后，顿时哈哈大笑起来，她拍了拍他的肩膀，俯身对他说：好心的小伙子，你就要得到一位美丽善良的女子了，她就住在湖边的密林里。说罢，便抬脚下马，将一支竹箭交到他的手里。正当他惊惑之际，老奶奶矫健的身影一闪，便消失得无影无踪了。以后，他的心里便有了一个属于自己的秘密了。借着这次打猎的机会，他一个人又来到了喀纳斯的湖边，仔细地寻找着。

喀纳斯湖神秘而美丽，静静地侧卧在阿尔泰山深处。她清澈的水面如同天上的云朵，她的安详又犹如呼吸平静的麋鹿一般，让人不由得想亲近她。

他撩起湖边的雪水洗了洗疲惫的双眼，双眼顿时觉得清澈明亮，他看到一只美丽的梅花鹿，睁着透明的双眸，好奇地注视着这个从天而降的陌生人。从小就非常喜欢动物的贾登峪，非常友好地用手抚摸着它光滑柔软的皮毛。梅花鹿则用清凉的嘴唇触摸着他的手背，眼中充满着感激与柔情。

傍晚，他与梅花鹿一起来到湖的对岸，那是一片有着鲜花与绿草的地方，有一座美丽的红色木屋静静地伫立在那里。风吹着树叶，水送着夕阳。他将梅花鹿领进了木屋，便沉沉地睡去。睡梦中他看到那位白发的老奶奶微笑着走来，在他的脸上轻轻一摩，这时他好像听到一阵细细的低声哭泣，急忙睁开双眼一看，他顿时惊呆了。一位身着白纱、美丽多情的少女，用双手托着那支竹箭仔细地注视着，正低低啜泣。

原来这支竹箭是她母亲留下的传家之宝，她是湖神惟一的女儿，湖神非常疼爱她，但是父亲不幸被恶魔所杀，从此以后她们母子相依为命。谁知，福无双至，祸不单行，突然有一天，被一个外来的巫婆施了魔法，一夜之间变成了梅花鹿，而她的母亲则被逼做了湖怪，临走时对她叮咛：拿着竹箭的年轻男子就是你丈夫,只有他才能解脱迷魂魔力,恢复你的女儿身。

听着这位少女的诉说,他想起老奶奶那句让他记忆深刻的话,顿时兴奋起来,他一下子坐了起来,伸出双臂,深情地将少女紧紧地搂入怀抱。

他们的婚礼引起了村里牧人们的惊羡,自此以后,小俩口恩爱地生活着,他们相识相爱的故事,又被老阿肯传遍了整个阿尔泰草原。

(四)

贾登峪不但嫉恶如仇、心地善良,而且还是一个非常慷慨的猎人。他拥有过人的智慧和力量,他狩猎的技术很高,每次出去总能打到许多的猎物。有一次,他一个人猎杀了一头巨大的祸害村庄的黑熊。黑熊之大,村里的8个小伙子都抬不起来。后来,熊的肉食被他分给了全村的穷困人家,那张熊皮也送给了村里的一位年迈力衰的牧人。

这几年,由于雨水少了许多,草原上的牧群在饥饿里一天天减少。村里几户没有男劳力的人家日渐贫困,常常靠村里穷人的赈济,才勉勉强强地生活着。为村里巴依们放牧做工的几户人家因赔偿由于饥饿而死亡的牛羊,使他们本来就不富裕的生活更是雪上加霜。

每次看到这种情形,贾登峪和他的伙伴们总是感到十分愤怒。这些有钱人的心比蝎子还狠毒,他们是叮在穷人身上的吸血虫,他决定要好好地教训这些为富不仁的巴依们。

于是他联络了为巴依放牧的牧人们，将巴依的牛羊悄悄地屠杀了，并将牛羊肉一块块送给全村的穷人家中，使每户穷人家里有了煮肉的香气。时间一长，巴依发现自己的牛羊一天天减少，便找到了牧人，大发雷霆地叫骂着。恰好与贾登峪他们碰了个正着，看到巴依，他便惊喜地大叫道："巴依老爷，恭喜你呀！"

"恭喜什么，牛羊全部丢了，他们要赔我！"巴依气咻咻地怒叫道。

"不会的，我看到了巴依的牛群都升到了天空，那天我们拼命拉住升上天空的牛，但我们没有拉住，只留下了它们的尾巴。"贾登峪夸张地说道。"他们一定是去天上替慷慨善良的巴依说情了。"

于是，他们领着巴依走到湖边的树林边，只见一排排牛尾巴高高地挂在树梢上，在风中来回摇摆着。

"我的牛啊。"巴依心疼地咧开嘴巴，嚎陶大哭了起来。

"我们都可以做证明。"贾登峪的伙伴们纷纷向巴依说道。

望着一排排升上天堂的牛的尾巴和前来证明的牧人们，巴依无可奈何地悻悻走了。

教训了贪婪成性的巴依，贾登峪决定依靠自己的力量进山打猎，他带好了自己的弓箭、匕首和兽夹，告别心爱的妻子，背着干粮，向深山的原始森林里进发。走了18天，他猎杀了许多的狐狸和野兔，又走了18天，他猎到了更多的雪鸡和野兽，等他满载而归出现在村望时，突然听到了村里传来阵阵的哭声。寻着哭声找去，原来是一位年迈的衣衫褴褛老人哭泣着。他是一个靠讨饭过日子的年老男人，在巴依家乞讨时，被推出大门，还被巴依的恶狗狠狠地咬伤。贾登峪不忍心这么大年龄的老人继续挨饿受苦，便带着这个乞丐回到自己的家中。

看到丈夫满载而归，妻子自然喜上眉梢，她立刻端上滚烫的奶茶和馓子，将他和乞丐请到了餐桌前，跪坐在桌边，一碗一碗地替他们倒茶送饭。其实这位乞丐并不是真正的乞丐，而是县城里的一位将军，他一个人装成乞丐外出，是想了解村里的受灾情况。当他走向富裕的巴依家时，他遭到的是一顿毒打和狗咬，却受到了善良的贾登峪援助。当他仔细地询问完村里的情况后，他告诉了贾登峪自己的真实身份，并要求贾登峪替他送一封信。

之后的几天里，村里那些让人痛恨又为富不仁的巴依们，被突然开来的军队一个个押了起来，关在黑暗的土房里，他们的家财被没收，分给了那些饥饿的牧人。

贾登峪的儿子18岁的那年，贾登峪一个人走进了深山。从此以后，再也没有人看到他走出来，村里的人成群结队去寻找，只发现被猎杀的黑熊，却没有发现他的一点踪影。多少年过去了，人们才惋惜地相信：勇敢、机智和善良的贾登峪真的不回来了。

为了纪念这位智慧、勇敢而慷慨的猎人，当地的牧人们将村子的名字改成了贾登峪，以此来纪念他。多少年以后，关于贾登峪的故事被一代代牧人和阿肯们，在辽阔的阿尔泰大草原上长久地传诵着。

(张永江　武琼瑶)

## 阿依夏木草原

额敏县东北部塔尔巴哈台山的山前区，有一片名叫阿依夏木的草原。每年夏季，当地哈萨克族牧民都要在这里举办阿肯弹唱会。

"五一"期间，笔者在该县喀拉也木勒乡采访。乡干部说，今年阿依夏木草原上的牧草长得非常好，草原上的聚会肯定能够吸引众多旅游者。

赶往阿依夏木草原的途中，记者说出了自己的疑问：阿依夏木草原的名称好像是草原上女性的名字，莫非其中有什么故事？

随行的当地工作人员道出了原委：很久以前，游牧在阿依夏木草原上的一个牧主的女儿就叫阿依夏木。阿依夏木长得很漂亮，她爱上了一个贫穷的年轻牧工。小伙子心地善良，喜欢唱歌，他也非常喜欢阿依夏木。

小伙子每天赶着羊群来到牧主的领地边，听着羊群啃食牧草的声音，就唱起情歌。

阿依夏木听到歌声，知道心上人正在草原上焦急地等着自己，便找出许多理由，偷偷前来与情人相会。

不久，这事被牧主发现了，大怒，随即将阿依夏木关在毡房里，并派专人看护。阿依夏木整日以泪洗面，茶饭不思，心里只有情人的影子。牧主心生一计，找到那位年轻牧工许诺说，只要他主动提出不再爱阿依夏本，就给他一群羊。

牧工拒绝了。他相信自己能够给阿依夏木带来幸福，依然每天对着阿依夏木所在的方向，用歌声倾诉自己对姑的爱。草原上的风，也理解两个年轻人的爱情，将小伙子的歌声一字不差地送进关押阿依夏木的毡房。阿依夏木知道心上人不会变心，就决定为了爱情逃离这个家，她用牧羊犬把自己的想法传递给了心上人。

一天夜里，阿依夏木乘人不备，逃出毡房，终于与情人在草原上相会了。他们知道，牧主不会就此罢休的。于是，两人连夜翻过塔尔巴哈台山，去寻找属于自己的草原。

牧主的女儿为追求自由和爱情，与牧工一起出走的事情在草原上很快就传开了，牧工对此拍手称快。为了表示对阿依夏木的支持，人们还在阿依夏木与情人相会的地方举办阿肯弹唱会。不久，这片以前从来没有名称的草原有了一个名字——阿依夏木。后来，在阿依夏木草原上举办阿肯弹唱会也成了一个传统。

（李桥江）

## 喀纳斯湖畔的生死恋

喀纳斯湖位于阿尔泰山南坡森林带,环湖四周原始森林密布,阳坡被茂密的草丛覆盖,湖水来自奎屯峰、友谊峰等山峰的冰川融水和当地降水,从地表或地下流入喀纳斯湖中。

喀纳斯湖是喀纳斯自然保护区的重要组成部分,湖周峰峦叠嶂,原始森林密布,青山绿水,绿草如茵,繁花似锦。北端的入湖三角洲地带,大片沼泽湿地与河湾中心滩共存,地形平坦开阔,各种草与林木共生,风景秀丽,水天一色,一派生机勃勃的景象。湖东岸为弯月的内侧,沿岸有六道向湖心凸出的基岩平台,使湖岸形成井然有序的六道湾,据说每一道湾都有一个神奇的传说。

其中第一道湾的基岩平台,有一个巨大的羊背石,恰似一只卧羊昂首观湖,又好像在迎接远方的客人;三道湾有个观湖台,当夕阳西下,立在此平台之上,眺望湖西岸的观湖亭,好似一个伟人屹立于湖畔,正在运筹和描绘未来的蓝图,因此也称此山为"伟人山";当旭日东升或夜幕降临时,游人可以乘船或站在第四道湾平台上探寻湖心秘密,若运气好,可以看到时隐时现像小船一样的神秘"湖怪"。有人说那是大红鱼。

凡是真山真水，美妙之处自是不可言喻，喀纳斯湖更是妙不可言。座座雪峰，叠叠青山，片片草地，密密丛林，群星捧月似地守着那泓碧水。由于背景复杂，阳光一变，水色也变，一天能变出几种色彩来。于是，千百年来，神奇迷离的故事传说都集中在了她身上。去年"十一"我去喀纳斯游玩，登山途中，我们坐在一处长满野花的小山坡上休息，随行的阿汗大叔讲了一个发生在这儿的传奇故事。

五十年代初期，喀纳斯村猎人阿哈力夫妇在深山打猎时拣了一个狼孩。狼孩大约七八岁，非常机警。阿哈力夫妇一直没有生育，于是就把狼孩当成亲生孩子去抚养，经过半年的精心调教，狼孩学会了简单的劳动和能够进行一般感情交流的语言。仔细看去，这是一个很漂亮的男孩子，生得浓眉大眼，白白的皮肤上长了一层黑褐色的绒毛。牙齿非常锋利，仍然喜欢吃生肉。

没过多久，常走夜路的人总觉得身后有蟋蟋簌簌的声响，回头望去，山道上飘浮着四只绿莹莹的"小灯笼"。大家一致认为那是两只狼，狼只是跟踪人，却没有吃人的意思。但是人类是不会放过恶狼的。一个月以后，猎人阿哈力发现埋在山道旁的一副捕兽铁夹，夹住一只血肉模糊的狼小腿。这是狼在被捕兽夹子夹住脚爪，忍痛咬断自己的小腿死里逃生了。这种果断和决心以及凶残是一般动物不能比拟的。

狼受伤的消息不胫而走，全村人都认为这个时候消灭这两只狼正合适，免得等狼恢复健康后潜进村子，咬死家畜。

于是，村长让阿哈力组织所有猎人围捕两只恶狼。

一声唿哨，二十条猎狗像拉开了一张网，向山上冲去……

狼和训练有素的猎狗奔跑的速度差不多快，一群猎狗疯狂地追着两只大黑狼。由于其中一只狼少一只前腿，跑起来相对慢了许多，彼此的距离越来越近。在紧急关头，出现了令人不可思议的奇迹，只见一只高大的黑狼蹲下背起另一只断腿的狼继续拼命奔跑。黑狼背着断腿狼就像背了一个沉重的包袱，一袋烟工夫，猎狗就追上了两只狼，并且把两只狼团团围住。

猎人们还没有赶到，一场惊心动魄的厮杀就开始了。

二十条猎狗开始扑向黑狼拼命撕咬，只见两条花狗绕到黑狼身后，一口咬住断腿狼的后腿，把它拖到另外的地方，这时又扑过来两条猎狗。四条狗你一口我一口，毫不留情地向断腿狼进行攻击。

断腿狼毕竟寡不敌众，一会儿，就被几条猎狗咬得遍体鳞伤，浑身都是血，它一边反抗一边直起脖子"嗷嗷"地嗥叫着，似乎在向大黑狼求救。

大黑狼正在与七八条猎狗搏斗，它勇猛善战，已经咬死了两条猎狗，另外一条狗也受重伤倒在地上。大黑狼一边战斗一边注视着断腿狼，听到同伴的痛苦的嗥叫声，它不顾一切地冲出猎狗的包围圈，靠近了断腿狼。猎狗们眼看着大黑狼要保护断腿狼，一窝蜂地冲上去，有的咬狼腿，有的咬狼尾巴，好像坚决不让两只狼团结在一起似的。

此刻，只听大黑狼狂嗥一声，一甩尾巴，一条紧咬狼尾巴的大黄狗被甩出好远，黑狼尾巴也爆出一大团血花，尾巴断了，半截子还在大黄狗嘴巴里紧咬着。大黑狼好像忘记疼痛，它冲到断腿狼跟前，重新驮起断腿狼，还没来得及逃窜就被猎狗撕咬开了。大黑狼用身体挡住猎狗的攻击，对着断腿狼一阵狂叫，意思是让它赶快逃命。

断腿狼听话的拱动着身子，一瘸一拐地向空旷的地方奔去。它的速度实在太慢了，眨眼之间，两条猎狗就又扑了上来，双方继续开始撕咬起来。

故事讲到这儿，阿汗大叔停了下来，他从口袋里掏出一支烟点着，狠狠地吸了几口接着讲起来。

在这紧要关头，阿哈力大叔家收养的狼孩出现了，他发疯似地跑到大黑狼跟前，瞄准最小的一只狗猛扑上去，双手抱住狗的脖子，一口咬了下去，其它的猎狗都被狼孩这突如其来的举动震慑住了，一时间停止了攻击。

刚刚赶到的猎人们也被眼前的情景吓傻了，大家都不敢相信眼前的事实。

这时，大黑狼是完全可以死里逃生的，它只是断了一条尾巴，没有什么大碍，几条猎狗也都已累得精疲力尽，它是很容易冲出包围的。可是断腿狼"嗷，嗷——"的叫声使它触电似的停住了逃跑的脚步。

断腿狼躺在地上，浑身鲜血淋漓，嘴巴一张一翕，发出了一声又一声哀嚎。大黑狼飞快地扑到断腿狼跟前着急地用前爪抓着同伴。

谁知就在这时，大花狗从背后扑到大黑狼身上，坐在断腿狼身边吓得"哇哇"直哭的狼孩眼疾手快，一把就把大花狗的眼珠子抠了出来，眼珠子像玻璃球似的吊在眼眶外，大花狗凄惨地狂叫一声跑了。狼孩有着惊人的毅力和体力，他又奋不顾身地和其它的狗撕咬在一起，他乱抓乱咬，一会儿就满身挂彩被猎狗们扑倒在地。

"啪！"一声枪响，大黑狼应声倒地……

猎人们把两条狼拖到一块准备奖赏给有功劳的猎狗们，只听狼孩"哇——哇——"凄惨地叫着，刚刚被调教好一些的狼孩又恢复了狼性。他仇恨地盯着那位拿枪的猎人。然后，缓缓地朝两只狼跟前一步步爬去，一直爬了十几米，他爬过的地上拖出了一条长长的血迹……

阿哈力不忍心看着狼孩痛苦的样子，他抱起狼孩放到两条死去的狼跟前，对村长说："把这两条狼交给我处理吧。"

山野只剩下猎人阿哈力和狼孩。阿哈力挖了一个很大的坑，他把大黑狼放在坑里，又抱起断腿狼让它躺在大黑狼怀里，使两张脸相偎在一起。因为，可以看出黑狼是公狼，断腿狼是母狼，两条狼一定是恩爱夫妻，那么就让它们在另一个世界里相亲相爱吧！阿哈力给它们摆好了姿势，往坑里撒下一锹一锹的土，狼孩也用手捧着土往坑里撒……

阿汗大叔告诉我说，这是一个真实的故事，我们坐着的小山坡下就埋着那两条狼。在我"后来呢？后来呢？"的追问下，阿汗大叔又接着说：那次狼孩没有死，他跟着阿哈力回家了。过了几年后，狼孩适应了人的生活，学会了人的语言，他才告诉大家，不知是怎样的阴差阳错，他从小吸吮狼奶长大了，大约跟狼在一起生活了七八年，炼就了一身狼的本领，适应在最恶劣的环境里生存。如果两条狼不是为了寻找他，不会那么早就葬送在猎人和猎狗手里。

　　为了感谢狼的救命之恩，狼孩经常到埋狼的地方添一把土，日积月累，这个地方就变成了一座小山了。狼孩死后，没有人再往小山坡上添土，山坡上就长满了五颜六色的山花。

　　听了阿汗大叔讲的故事，我心里酸楚楚的。人类歌颂爱情的词语很多，可是，动物又何尝不懂感情呢？刚刚说完的故事不是很美丽、很动人吗？

（张永江　武琼瑶）

## 秋千架上选情郎

我国南方有少数民族用山歌表达爱情的习俗，而新疆的柯尔克孜族则有通过荡秋千、唱秋千歌吐露爱情的佳话。每当盛夏，在草原牧区，柯尔克孜族青年男女总要找机会聚在一起荡秋千、唱秋千歌，用现成或现编的歌曲相互表达情感。而这一风俗，便缘于一个传说。

在草原上，有一位美丽的柯尔克孜族牧羊姑娘。她爱上了一个柯尔克孜族年轻猎手。她为心爱的人挑灯刺绣，熬红了眼睛，精心绣了一条花手绢，作为爱情的信物赠送给自己的心上人。

年轻的猎手为牧羊女买了一件首饰，并用姑娘送他的绣花手帕包好。他小心翼翼地取出首饰，要送给姑娘。瞬时，一阵风吹过来，那条手绢飘悠悠地竟然被风吹走了！

一位可汗在宫中花园的树梢上看到了这条手绢，令人将手绢取了下来。他当即被手绢上绣的图案吸引住了。他想，如此美妙的绣品，肯定出自一位非凡的姑娘之手。于是，他带着这条手绢潜出宫门微服寻找。不知经历了多少艰辛，他如愿以偿地找到了仙女一样美丽可爱的牧羊女。他强行将姑娘娶回王宫。然而姑娘像落入笼中的百灵鸟儿，终日愁眉紧锁，郁郁寡欢。

该如何离开这个地方，成了姑娘日思夜想的事情。当她来到花园时，她终于想到了办法。

美丽的姑娘来到花园时，忽然灵感闪观，一个绝妙的主意随之而生。她请求可汗："我想将花手绢放回原来的那个树枝上！"可汗看到整日紧锁愁眉的姑娘展开笑颜，忙不迭地答应了。

姑娘让人拿来一条粗粗的绳子，将绳子拴在两棵高高的大树上。她要踩着飞荡起来的绳子，去树梢取下手绢。这是个高难度并且有危险的动作，但姑娘却打算孤注一掷了。

牧羊姑娘手操毛绳，高高荡起，好像燕子腾空，直刺蓝天。

随着姑娘这一荡，便荡出了柯尔克孜族秋千架上选情郎的美丽传说。

当她高高荡起，荡到高空时，终于看到自己朝思暮念的心上人正骑着一匹骏马，站在宫墙外注目凝望。她欢喜万分，荡至树梢，用嘴叼着手绢，借着惯力撒开双手，跃出宫墙，轻盈地落在情郎的马背上。猎手大喜过望，挥鞭赶马，两人逃脱了魔掌。从此，荡秋千选情郎的习俗便在柯尔克孜人中间沿习下来。

（王春莲）

## 你追我赶抹锅黑

每逢阴历正月十六，锡伯族的男男女女，特别是年轻人，天还麻麻亮，就成群结队，手里拿着浸了清油、沾上锅底黑的"库肚苦（毛毡）"，挨家挨户，不分男女地往对方脸上抹黑。有些还没起床呢，就被掀开被子往屁股上抹，怪相百出，嬉笑无间，热闹无比。为什么这一天要往脸上抹黑呢？

传说很久以前，有淳朴勤快、心地善良的老两口，膝下无儿无女，春天捕鱼，冬天狩猎。

有一天，吃过早饭，老头子正坐在炕沿上抽烟，突然从南窗飞进两只燕子，叽叽喳喳地叫个不停。老头子听了一会儿，原来它俩是为了争夺筑巢的栋梁而争吵。老头子连忙起来说："小东西，吵什么呀！你在东边，它在西边，不就完了吗？"

可是，燕子根本不听劝告，越发打得难解难分。老头子正想上炕去劝开，突然，一只燕子"呀"的一声掉到了炕上，喘着气，不断呻吟，另一只却以胜利者的姿态飞开了。老头子心想，小燕子怪可怜的，捧起一看，不好！右腿折断了。老头子马上叫来老婆子，小心翼翼地把燕子的断腿平放，涂上药，从炕席上取下两叶苇片夹住，然后用线绑结实，放开了。小家伙也怪灵，在老两口头上盘旋三圈，叽叽喳喳说着感激的话就飞走了。不久后的一天，老太婆正在纳鞋底，受伤的燕子突然飞进屋，落在老太婆的手上。它从嘴里吐出一粒种子，朝着老太婆点点头，叽喳几句，飞走了。呀！奇怪！这粒种子又圆又大，饱鼓鼓的，像一颗金子，真叫人喜爱。老两口商定把这粒种子埋在房前。不几天，嫩芽破土而出。老两口细心管理，小苗越长越高，墨绿粗壮。

一天早晨，老头子刚一出门，愣了！他真不敢相信自己的眼睛。揉了揉，再看：一夜之间，小苗的每节都长出许多穗子！老头子三步并作两步，跑进屋拉着老伴就往外跑："老婆子，出了奇迹……""啊！这是什么草啊？一夜就长出这么多穗子！"老婆婆也发愣了。

秋天一打，一穗竟收一斗。冬天，老两口煮了点一尝，嘿！又嫩又黏、又甜又香，可好吃啦！第二年开春，老两口刨了一块地，一下种了半斗，到秋天竟收了十斗！不几天。这个奇闻不翼而飞，远近邻舍都来借种。老两口就分给大家，家家户户都种上了。这就是现在种的麦子。从此，锡伯人就开始种麦子。巡天神知道后，派神犬告诉大家，今后人吃面粉，麸皮喂狗。

大家都以为自己从此过上了好日子。谁知，这种好日子被一个媳妇儿给打破了。一天，一家的年轻媳妇正在煎油饼，突然孩子在炕上拉了屎。年轻媳妇一时顾不了锅，饼子煎糊了。她怕老人责备，就把饼子扔给了狗。这下可惹祸了！人吃的东西怎能给狗呢？巡天神七窍生烟，心想定要瞅个机会，好好惩治一下不守规矩的妇人。

春天来临了，人们选种时，巡天神略施神法，使种子全都变成了黑疸。这下糟了！秋天一收全是沉甸甸的黑籽，哪有麦子呢？

人们都慌了。你看我，我看你，不知所措。这时，小燕子在前面引路，老两口集合起全村的男女老少，点上蜡烛，磕头烧香，虔诚地请求巡天神恕罪。大家发誓。为了记取这次教训，宁愿往自己脸上抹黑，也不叫麦子生黑疸。巡天神见他们确实诚心诚意，也就动了慈悲之心，收回了神法。可是，巡天神走的时候用手把麦根抓住往上一挤，挤走了所有节上的穗子，只留下尖上的一穗。传说，麦子从那时起就一秆只剩下一穗。

从此，每逢阴历正月十六这天，巡天神就出来查看一次，看看人们记取教训了没有。而这一天，人们天不亮就将脸上抹黑，让巡天神看，希望来年的麦子不要生黑疸。人们的诚心也感动了燕子。每年开春后，燕子也飞来筑巢在农家屋里，帮助人们捉吃害虫，好让麦子年年丰收。

（王春莲）

## 魅力无比的维吾尔传说

有这样一个故事：有一个吝啬刁钻的巴依，不许长工们在他的门前树阴下歇凉，还洋洋得意地说：有本事拿钱来。长工们一商量，大家凑钱买下了这块阴凉。

太阳在移动，阴影当然也要移动。有时候树阴在门前，有时候树阴就到了房顶，有时候树阴就跑到了巴依的院子里。

长工们乐开了怀。有时候在巴依的屋顶上唱歌跳舞，有时候在巴依的院子里喝茶吃饭，有时候又在巴依的大门前喂驴放羊。

总之，这里不是巴依的院子，不是巴依的房顶，也不是巴依的大门前。这里是树阴，是长工们用钱买来的。既然是自己的东西，当然就要想怎么用，就怎么用。对此，巴依叫苦不迭。

这就是《桑树阴影的故事》。

流传极广的《阿凡提的故事》，以及与之相类似的《毛拉则丁的故事》、《赛莱依·恰坎的故事》等，有着同样的艺术魅力。它们都显示了维吾尔族民间文学诙谐、幽默的情趣。

维吾尔族民间故事，内容广泛，风格多样。它们有的清幽淡雅，有的瑰丽神奇，有的机智幽默，有的寓意深远，大多表现了劳动群众鲜明的爱憎和是非观念，也表达着他们顽强、乐观、风趣的民族性格特征。

《三条遗嘱》之类的故事则具有较浓厚的讽喻色彩。它教育人们要依靠自己的双手，通过辛勤的劳动去谋求幸福。

广泛流传于喀什和和田一带的、包括36则故事的《鹦鹉的故事》。如果仔细看，无论是结构还是情节，抑或是内容，都可以看得出印度文学、阿拉伯——波斯文学的痕迹。

新疆地处古丝绸之路的枢纽，受多种文化的影响，是多种文化的交汇点。因此，维吾尔文化理所当然地带着天然的多样性。

僧古萨里所译的《金光明经》及《玄奘传》，不仅表明了翻译家汉文、回鹘文造诣之深，翻译技巧之高，而且显示了当时维吾尔书面文学发达的程度。

源于佛教本生故事的《恰希塔尼·伊立克伯克》，通过对菩萨转世的恰希塔尼·伊立克伯克剪除凶恶的妖魔、瘟神，解救大众的英勇无畏精神的描绘与歌颂，反映出当时劳动人民战胜自然和社会邪恶势力的强烈愿望。

维吾尔族民间故事中还有包括动物故事在内的相当数量的寓言故事。它深刻而生动地反映了维吾尔族群众的道德观念和生活哲理，言简意赅，耐人寻味。

弹唱是一种表演性很强的综合艺术。吟唱内容有神话传说、英雄史诗、爱情叙事诗、民歌等，也有演唱大型套曲《十二木卡姆》者。《十二木卡姆》中的歌词除古典作家的诗章片断外，也有传统的民歌及情歌。

公元9世纪中叶，西迁的回鹘人中的一支与原先在北庭一带游牧的回鹘部落联合起来，建立了以吐鲁番为中心，东接河西走廊，西至拜城，包括焉耆、库车、拜城、鄯善、哈密及敦煌以东一部分地区的高昌回鹘三国，转入了农业定居时代。当地的古代焉耆人、龟兹人、高昌人、汉人等也逐步融合了进去。城市与贸易进一步得到发展，回鹘书面语随之在新疆乃至中亚成为通行的语文。

高昌地处丝绸之路要冲，早就是中原文化和东罗马文化、古波斯文化、印度文化的交流荟萃之所，兼之高昌回鹘王国境内佛教、摩尼教、景教同时并存，因此这一时期的维吾尔文化兼收并蓄，显示着异彩纷呈的繁荣景象。

那时，不仅翻译了大量的汉文、梵文、吐火罗文、藏文佛经以及摩尼教、景教的典籍，而且还翻译或改写了许多源出佛教传说、本生故事的文学作品，如《恰希塔尼·伊力克伯克》、《哈勒亚木哈拉和帕帕木哈拉》、《两王子的故事》、《神猴与帕德摩瓦提姑娘》、《达尼提·帕拉》等。

此外，《伊索寓言》、《圣乔治殉难记》以及《三个波斯僧朝拜伯利恒》等与景教流传有关的故事也被译成回鹘文，广为传播。

（张龙生）

## 狗头金的故事

  横亘在我国西北中俄交界的阿尔泰山,连绵千里,山峦起伏,沟壑纵横,形势险要,历来为兵家必争之地。其中深沟七十二条,盛产黄金宝石,又为中外淘金者所垂涎,以致因此而发生过许多动人心魄的故事。下面就是这些故事中的一个。

  相传,成吉思汗带领大军西征欧洲的时候,曾经经过阿尔泰山。有一天,他进入一条山谷,正是初夏季节。但见满山遍谷,野花盛开,红黄白紫,五光十色,微风吹来,浓浓的花香,令人陶醉。山上苍松古柏,郁郁葱葱,松涛声和流水声混在一起,更衬得山谷清幽至极,实在令人留恋不想离去。突然,远处金光闪烁,忽明忽暗。成吉思汗很是惊讶,忙问随侍在侧的国师长春真人邱处机,那是什么征兆?邱处机连忙答道:"可汗,久闻阿尔泰山盛产黄金宝石,它们虽然深埋地下,但泥土还是不能掩其光华。特别是在正午和半夜之时,经日月照射,更是灿烂生辉,莫非前面就是产金宝地?"于是他们纵马赶到那里,但见那里是一条暗沟,约莫半人高,涓涓细流从沟里流出,水中砂石闪闪发光,耀人眼目,原来远处看到金光就是砂中金屑在太阳下反射出来的光芒。成吉思汗甚是高兴。便道："果然这里金沙甚多，现在正是军需紧急之际，正好淘些金子，向沿途商旅牧民换些军用物资，以补充需用。"当即命令部属留下一支人马就地淘金，然后率领大军继续西征。

留下的这支人马就在沟旁安营扎寨，然后伐来树木，制作溜槽，在沟里挖出一条坑道，开始淘起金来。开头，倒还顺利，人们就在沟中取砂，利用沟水流势，即可淘出金砂。稍后，就得从更深处取沙，运到溜槽淘洗。以后越挖越深，得用吊桶从深井吊取沙石，人们得整天站在水中作业，加之上有滴水不停，因此整天衣服都是湿的。好在他们都能吃生羊油，而阿尔泰大尾羊又特别肥，这羊油正好能祛湿防寒。工作虽苦，效果却很显著，不到半月，他们就淘出五十多两黄金。这更激发了淘金者贪得无厌的欲望。

后来有一天，有人挖出一块罕见的大块金子，当地人称之为"狗头金"。这一下可不得了，本来已经不很清静的山谷，一下子沸腾起来了。开始人们还只是争着看稀奇，而闪着金光又沉甸甸的大金块愈来愈诱发这些淘金者贪婪的心理。他们那突然膨胀起来的占有欲立刻搅昏了他们的神智。他们再也不顾礼法道德，再也不管尊卑长幼，大家都拚着力气地去抢，最后甚至拚着性命去夺。于是一场你死我活的残酷战斗开始了。人人争作狗头金的主人，但同时也就成为人人袭击的对象。就这样你争我夺，你砍我杀，不到半天，整个金沟躺满了受伤致死的尸体，谁也没有得到狗头金，却丧了性命。

一个多月以后，成吉思汗久未得到淘金部队的消息，便派人前去查看。使者来到这里，但见到处是被秃鹰野狼啄啃剩下的块块白骨，那块狗头金仍旧金光闪闪地在沟旁躺着。使者带着这块狗头金回去向成吉思汗覆命。成吉思汗深为惋惜。坐在他身旁的长春真人邱处机不禁慨然长叹一声，说道："善哉，善哉！这真是人为财死，鸟为食亡。清心寡欲，人乃益昌！"

可是，人们总是不接受教训，据说以后许多年又不断出现为争夺新的狗头金而互相残杀的可悲故事。直到全国解放，新疆生产建设兵团来到这里，一面屯垦戍边，一面淘金采宝，既为国家积累了资金，也使自己锻炼成长，这才永远结束了过去那种人为财死的可悲历史，为神奇美丽的阿尔泰山谱写出为人民服务的雄伟壮丽的新篇章。

（白　垒）

## 玉美人的故事

关于于田县所在昆仑山中的玉石，在克里雅河流域流传着一个神奇的传说——那就是玉美人的故事。

相传在古代克里雅河畔，居住着一位技术超群的老石匠。他心地善良，眉目清秀，他带了一个徒弟，叫小石匠。老石匠60岁生日那天，秋高气爽，晴空如洗，他沿着河边漫步，只见河流弯弯曲曲，河水清洁如练，定睛一看，不远的水中，有个光彩夺目的东西，他急忙涉水捞取，原来是一块温润、莹泽、素雅的"羊脂玉"。老石匠欣喜若狂，揣在怀里，带回家中，思考了数日，心想我有个徒儿，但缺个女儿。于是他集女人之俊美，精心雕琢成了一个非常漂亮的玉美人，放在屋内一个秘密的地方，惰不自禁地说："我要有这样一个女儿多好啊！"说也怪，话音刚落，"玉美人"就变成了一个活泼可爱的姑娘，容貌非凡，亚赛天仙。她拜老石匠为父，叫小石匠阿卡（哥哥），老石匠给她起名叫"塔什古丽"（玉美人），于是一家人和和美美，过着幸福美好的生活。

不久，老石匠去世了，塔什古丽和小石匠相依为命、相亲相爱，商定在肉孜节举行婚礼，乡亲近邻都来祝贺。王美人穿上了节日的盛装，神态动人，衣着丹碧辉映，格外让人爱怜。婚礼正在喜气洋洋地进行，突然当地的恶霸财主巴依，带了一帮打手和亲信，把玉美人抢回了家。巴依是当地的恶势力，横行乡里、鱼肉百姓，见了塔什古丽的姿色，早就垂涎三尺，抢亲是巴依的预谋。当晚，巴依把玉美人安排在富而堂皇的卧室，强迫成亲。玉美人看到巴依上窄下宽的葫芦脑袋直恶心，拿定主意不理睬他，等他动手动脚时，一口咬住巴依的腮肉，巴依疼痛难忍，恼羞成怒，拔出钢刀就向玉美人砍去。只听铮的一声，玉美人身上冒出耀眼的火花，汇成一团熊熊烈火，燃着了巴依和巴依的宅院，最后巴依和巴依的宅院全部化成了灰烬。玉美人趁着烈火，化成一缕白烟，飞向故乡昆仑山，常居在那冰封积雪下的玉宫中。

小石匠失去玉美人后，日夜深深地思念着。当他得知玉美人飞向昆仑山后，满怀思念之情，骑上毛驴追去，沿路撒下小石子，于是成为后人找玉的原生矿床，所产的"羊脂玉"是玉美人的骨肉形成的。故维吾尔族有"宁为高山上白玉，不作巴依壁上毯"之说。

（柳先修）

## 神奇的袷袢①

古代，在戈壁和大山之间的一个村庄里，有一对傲慢的夫妻，丈夫是个巴依②，妻子遇事跟丈夫商量时，巴依往往不等妻子把话说完，就用话堵住她的口："再别罗嗦啦，我早就知道。"巴依有话对妻子说时，妻子同样也没有耐心把话听完，就说："别说下去啦，我早就知道。"他俩在家里是这样，在外面对其他人也同样如此。不管人们说个什么，人家刚一开口讲话，他们就说："得啦，得啦！我们早就知道。"就这样，村里的男女老幼都讨厌他们，都在心里怀疑："他们是不是真象自己所夸耀的那样，早就知道。"

有一天，大伙儿不约而同地聚在一起，七嘴八舌地讨论起来："咱们出个题目，请他们夫妇俩回答，看看他们是不是早就知道"。众人正在商量着出个什么样的题目考他们时，那一对夫妻双双走了过来，挺起胸脯，目中无人，说道："诸位坐在这里废话连天，东拉西扯些什么？你们每个人说的话，我们早就知道！"说罢，大摇大摆从众人面前走了过去。

一日，夸自己早就知道的那个巴依逛巴扎③。他在巴扎上转过来，走过去，东张张，西望望，观看巴扎上的货物。这时，走过来一个白胡子老汉，肩上搭着一件袷袢。老汉一边走着，一边慢声说着："没有最适合的价格，我这件袷袢是不卖的。"巴依一打听，原来这件袷袢是四代人了。这件袷袢异常神妙，只要说声："飞呀，我的袷袢！"袷袢就会飞上天空；要是说声："落呀，我的鬼魔！"它就能落在地上。巴依看见老汉，扬了扬手，问道：

"老头子，这件袷袢是卖的吗？"

"是卖的，老爷。"

"我早就知道是要卖的。卖多少钱呢？"

"袷袢是不会白送人的。您就给上十块银元吧！"

"哈哈哈，我早就知道你要这个价钱的。巴扎上多余的话无用，空话更不能顶钱。好啦，我干脆给你四块银元吧！"

他们讨价还价到六块时，巴依买下了袷袢。他一边给老汉数着钱一边说："我早知道，你是一心要卖六块的。"

老汉说："老爷，这件袷袢可神妙呐……"

"我早就知道。"巴依把眼珠子一转说，"咳，袷袢还有什么神妙不神妙！"

"不，老爷，这袷袢不是普通的袷袢。我告诉你吧。"老汉继续说："您回去后穿上这件袷袢，说声'飞吧，我的袷袢！'它就飞起来啦。降落的时候……"

"哼！我早知道，早就知道！"巴依打断老汉的话，傲慢地说："六块银元买的袷袢当然能飞喽！"说罢，把袷袢夹在胳肢窝儿里回家去了。来到家中，巴依对妻子说：

"哎呀，老婆，快过来瞧瞧，我买了件袷袢。"妻子嘟囔道：

"喂!你嚷什么?不稀罕,我早就知道你在巴扎买了件袷袢。"

"妻呀,我早就知道你要说这句话的。今天你恐怕一点也不知道,我要穿上这件袷袢飞上天空,穿云驾雾,周游世界!哈哈……"

"啊唷,这回你咋把我当成蠢货啦!这样好的袷袢能飞,我早就知道啦!还磨蹭什么?赶紧把它穿在身上吧!"

于是,巴依穿上袷袢,说了声:"飞呀,我的袷袢!"袷袢徐徐摆动摆动,飘飘悠悠飞了起来。

这时,巴依的妻子放开喉咙喊道:

"喂!孩子他爸,可别忘了落下来呀!"

"嘿,窝囊废!这还用你说,我早就知道。"巴依的嘴张得比木盆还大,说道:"好哇好哇,我上天啦,再见啦,再见啦!"

袷袢刚刚飞到杨树一般高时,巴依就慌了神,手脚发抖,瞪着眼睛,丢魂丧胆,心咚咚猛跳。巴依立刻想降落下来,便说了声:"落呀,我的袷袢!"可是,袷袢没有降落。巴依又不住嘴地说了一千遍,袷袢还是不降落。最后他望着地上的妻子,狼嗥般地吼起来:

"啊呜哇,妻呀!吓死我了,我要跳啦!你接住我呀,千万接住我呀!"

妻子听了,自言自语地说:"我早知道,我不接住你,你是落不下来的。"

巴依胆颤心惊,浑身哆嗦,又是喊叫,"快落呀!快落呀!"可是袷袢就是落不下来。袷袢飞呀飞呀!飞过村庄、飞过戈壁、飞过高山、穿入云层,就再也看不见啦。

巴依的妻子抬头望着丈夫，不要命地跑呀追呀，追呀跑呀，出了村庄、穿过戈壁、翻过山岗、顺着条羊肠小道爬到一座山腰，她已是精疲力竭，劳累不堪，不小心脚底一滑，栽了个跟头，从陡峭的山崖上滚了下来，掉进了深谷里。巴依呢，乘着袷袢飞呀飞，不知道飞到了何处。

①袷袢：维吾尔族男子穿的对襟长袍
②巴依：财主
③巴扎：集市

（汪永华　马树康）

## 昆仑玉美人

昆仑美玉自古就有许多动人的故事、神奇的传说。流传在维吾尔民间的"玉美人"的故事，便是其中之一。

相传古时候，在昆仑山下的一条河畔，有个作恶多端的巴依，名叫托呼提。在绿洲里，他不仅拥有良田千顷、毡房千顶，而且拥有千百个常年为他耕织的奴隶。在他众多的奴隶中，有个青年石匠牙生。牙生不但技艺精湛，而且为人刚正，敢于蔑视权贵，深受广大奴隶的敬爱。邻村有个名叫塔什古丽的姑娘，正如她的名子"玉石之花"一样，生得如花似玉，十分美丽。她和牙生情投意合相亲相爱。但巴依托呼提贪色成性，早对塔什古丽的姿色垂涎三尺。他发觉牙生和古丽私下传情，不禁暴跳如雷，发誓要除掉牙生，占有塔什古丽。

这天黄昏，牙生干完活后，便去塔什古丽家与她相会。谁知两人刚见面，巴依托呼提便出现在眼前。托呼提狞笑着说："你们一不经主人允许，二不请阿訇念经，竟然私下偷情，成何体统，快给我双双拿下！"他一声令下，如狼似虎的打手们便一拥而上，把牙生和塔什古丽五花大绑着押进了庄园。

当晚，巴依托呼提把塔什古丽关进他的卧室，百般纠缠、心计使尽，直到黎明也没沾上边儿。巴依像饿狼扑食一样把塔什古丽紧紧搂进了怀里。塔什古丽为挣脱示威，便使劲咬住巴依肥胖的肉腮。巴依托呼提疼痛难忍，恼羞成怒，拔出腰刀刺进了塔什古丽的胸窝……

牙生一进庄园，就被关进了黑牢。他心如刀绞，自知心上人落入巴依之手定是凶多吉少。果然到了黎明时分，他猛然听到托呼提嚎叫，过了一会儿就听到大喊："快给我拖出去埋掉。"牙生意识到塔什古丽被害，他悲痛欲绝，决意逃出去为塔什古丽报仇。他静下心来想逃走的办法，突然想起了腰间别有一把石凿，这牢房正是他凿石修建的，所以很顺利地撬开石缝掏出个洞，悄悄爬出了牢房。他本想直接找巴依算账，可考虑到巴依住在深宅大院，四处戒备，自己身单力薄难以下手。他强压心中怒火和仇恨，就逃到亲友家躲藏。亲友劝他远走他乡，过后寻找机会报仇。牙生便带上亲友送的一褡裢馕上路了。

走啊走啊，不知走了多少峡谷陡间、戈壁荒滩，牙生十分疲惫，便就地而卧睡着了。这时，一位老翁出现在眼前，对他唱道：

莫怕苦，莫畏难，

前途苦中自有甜。

勇敢的人儿是好汉，

失去的是锁链，

得到的是天仙。

牙生一梦醒来，只觉浑身是劲，他铭记老人的教诲，充满信心地继续前进。

走啊走啊，又不知道历经了多少坎坷艰难，走进了一片寸草不生的沙漠。忽然一阵黑风卷来，昏天黑地，飞沙走石，牙生也被黑风卷走了，昏迷中，一只不怕狂风的黄嘴鸟对他唱道：

莫怕苦，莫畏难，

前方有鬼更有仙。

勇敢的人儿是好汉，

失去的是焦渴，

得到的是玉泉。

牙生醒来睁眼一看，身边是一条宽阔的白水河，河水素洁如练，岸边花草丰茂，且有冰山映入水中，景象无比美丽。牙生兴致勃勃掬水痛饮，这时他突然在河水中发现了一块晶莹剔透、光彩夺目的白玉石，他把玉石拾起爱不释手地装进了褡裢。他浑身增添了力量，振作精神继续向前。

走啊走啊，又不知走了多少个日日夜夜，牙生突然觉得与他同行的不是一块美玉，而是塔什古丽，这不禁勾起了对塔什古丽深深的怀念。于是他利用休息的时候把美玉精雕细刻成塔什古丽的形象。当栩栩如生的玉美人捧在他的手中时，他幸福地睡了过去。待他一觉醒来，他雕凿的玉美人复活了。那美人深情地唱道：

莫怕苦，莫畏难，

苦难过后便是甜。

勇敢的人儿是好汉，

失去的是苦痛，

得到的是爱恋。

牙生定睛一看，眼前的正是他朝思暮想的塔什古丽。俩人悲喜交加，幸福地相拥在一起。为了寻求生活的落脚点，他们携手并肩继续向前。

走啊走啊，翻过怪石嶙峋的高山断崖，攀过倒挂百尺的老松枯藤，他们来到了一条清水河。河水清澈见底，波浪翻滚。他们欣赏着景色相搀慢行。这时，俩人同时发现了一块乌黑发亮的墨玉石和一块碧玉石。他们拾起两块玉石放进了褡裢。这天傍晚，他们在这条河畔的大山中选择了一个景色秀丽的地方定居下来。牙生把碧玉雕成一座豪华的庄园，把墨玉雕成了一匹黑骏马。玉美人欣喜若狂，动情地唱道：

若没苦，便没甜，

苦尽甘来建乐园。

亲爱的人儿是好汉，

昆仑深山建庄园，

恩爱共度幸福年。

唱完，牙生雕凿的碧玉庄园变成了现实中的大庄园。那墨玉石骏马也变成了真马拴在门外。牙生又惊又喜，挽起玉美人双双走进庄园。过上了幸福美满的生活。

牙生和玉美人在自己的庄园勤劳耕作，日子越过越好。牙生和玉美人的故事很快传遍了四面八方。一天，巴依托呼提带着一大帮人马突然闯进了庄园。仇人相见格外眼红，一场恶斗即将发生。玉美人怕牙生吃亏，就设法与巴依周旋。

玉美人对巴依说："巴依老爷，你是绿洲贵人，应多多积善积德才是，我送你一样礼物，你就下山吧。"

"什么礼物?"巴依问。

"珍贵的玉石。"

"有多少?"

"无穷无尽。"

玉美人想,山下人得玉石很难,想必巴依会动心的,谁知巴依说:"那是石头,我不稀罕。"

玉美人又说:"托呼提老爷,你是绿洲贵人,多多积善积德才是,我给你备足美酒,你喝足了就下山去吧。"

"什么酒,有多少?"

"名贵的葡萄酒,要多少有多少。"

"那就快拿来吧!"

托呼提厚颜无耻地尽情享受,玉美人原想让他喝得酩酊大醉后,牙生才好收拾这条老狗。可是巴依托呼提喝醉了酒,色胆更大,他放肆地纠缠玉美人。牙生忍无可忍拔刀就要和巴依拼命。玉美人思量,巴依人多势众,牙生是斗不过他的,她想把巴依弄到外面赛马场较量,牙生早就是绿洲好骑手了,又有黑骏马帮助,一定稳操胜券。巴依思虑片刻,看来自有心计,便痛快地答应了。

双方立刻备马,不一会儿来到赛马场。只见牙生先骑着黑骏马严阵以待,巴依乘坐着大青马趾高气扬。玉美人来到赛马场,却被众多打手监视着。这时,只听一声令下,两匹马如离弦之箭,一跃而去。一眨眼功夫,牙生的黑骏马甩开了大青马一路飞跑,距离越拉越大,这时,奇怪的是巴依并不奋力追赶,待牙生越跑越远时,他猛然转马头向玉美人冲去,早有准备的打手们一拥而上，把玉美人抢上马逃奔下山。待牙生明白怎么回事调转马头赶回来时，玉美人已无影无踪了。

　　巴依把玉美人抢回庄园后，立即大摆喜宴，企图公开占有玉美人。玉美人预知难逃魔掌。当巴依把她强逼上床用肥胖的躯体向她扑来时，她猛然收住如花似玉的仙体，现出了玉石真身。巴依见到手的美人变成了冰冷的石头，盛怒之下拔刀向玉石砍去，只听"铛"的一声，玉石发出一团熊熊烈焰，罪恶的巴依和他的庄园顿时陷入火海，而玉美人则从火焰中化做一缕白烟，直奔昆仑深山，找她的心上人牙生去了。

（汪永华　马树康）

## 阿勒泰的灵气——奇石

在人杰地灵的阿勒泰,有一种独有的特产你不能忽略,它可以称为阿勒泰的钟灵之气,也可以说是阿勒泰漫长历史的真实记载,更可以称为人类与宇宙自然相互连接、相互吏融的桥梁,它以独有的生态文化、信息文化、禅道文化而存在,构成了一种风景独特、蕴含丰富的地方文化。它就是阿勒泰奇石。

3亿年前的阿勒泰是一片云蒸霞蔚的汪洋大海,当地的气候带有明显的温热带特征。那个时代里,各种古老的植物种类非常繁多:沿着海的岸畔,各种树木生机勃勃异常茂盛,各类生物种类繁多,为远古的大自然增添着生命乐趣。动物们入水、上树、在草棵间行走嬉戏,繁衍生长异常活跃。成片的、高耸入云的古老树木蔽日遮天,各处鸟类鸣声不断,各种草木争奇斗艳。

1.4~1.7亿年前的侏罗纪时代,随着地球漫长的、渐渐的地质变化,海在逐渐消逝,频繁的地震带来地壳巨大的运动,使各种原始的动植物在新环境中无法生存,并逐渐地消失了。但是阿勒泰石留了下来,并经过亿万年的风蚀雨浸、风化日晒,形成了今天的蕴藏天下奥秘、饱含历史信息的奇石。

与南京的雨花石相比，阿勒泰石虽没有国宝级的地位，但更具有人性的温馨，从一帧帧嵌在石里的画面，你到处都能看到生命的活性。与安徽的灵璧石相比，你所感受到的阿勒泰山石，是一种经过岁月洗礼、苦难磨砺的豁达。它没有南国风情中那种细腻的历史手感，却有着从容看世界的风云大度和恬静澹泊。与南方的各种石头相比，阿勒泰奇石所具有的是一缕强烈的平民意识和深藏山野含而不露的深厚，是一种历经风雨饱经沧桑的成熟和质朴。

一块石头是一种心情，一块奇石更是一种文化。当你与石一起站立在明净的天空下时，它可能就是你的心语、你的感情和你的人生最亲切的伴侣。

听赏石的人常说，一块石头，一份心境。与赏石人一起，你感受到的不是商战中圆滑的狡诈，而是一种人与人在物我两忘的境界里，用心在淡淡地交流，用情在细细地品味，并滋润着彼此。这一切的流露，奇石正是一条看不见但又剪不断的纽带。

奇石与所有的艺术从本质上讲有着千丝万缕的联系：与绘画放在一处，它是一种相互包容的有机体，石中有画，画中有石；与书法放在一处，它那天然形成的每一个字体、每一个笔锋都具有着人间少有的独特韵味；与音乐放在一处，它是一种凝固的记忆，从石缝间流露出一缕缕轻淡的独吟和永远的旋律。身处奇石间，常有一种物我一体的感受。在浓浓的静谧里，石的每一棱造型、每一幅痕迹，无不透露出远古时期纯纯的朴素和稚气；和谐的色泽、天然形成的外形，多衬着"淡来看似无，静中更有声"的气韵。

阿勒泰的地质状况使阿勒泰石具有着生存和积淀的前提条件。漫长而巨大的地质变化、贮藏丰富的地理自然环境，河流山川、大漠戈壁，都蕴含有石头的生命。恶劣的自然条件和气候环境，更让每一块奇石，浸润着其它石头所没有的时光感觉。

阿勒泰地区的奇石主要分为三大类。一类是河石。这是一种典型的画面石，它以石头表面的图案而出名，主要是分布在额尔齐斯河及其所有分支河流的沿岸和河谷之中，又称额河石。由于阿勒泰丰富的矿物质，额河石纹理清晰，色彩艳丽。石矿多变、石质细腻坚硬是它的第一特征。这种石头经过亿万年流水的冲涤，石中仿佛已含着水的成份，轻轻敲来，如一丝丝锦帛撕裂，又如鸟翔天际发出的欢快声音，清脆悦耳。当你独自一人在空旷之野坐在草地或温热的石头上，面对着一片片、一堆堆五颜六色的石头，细细品味、赏鉴时，每一块石头都有着自己的声调和节律，沉静而不沉闷，快乐而不轻佻。

一类是戈壁石。它是一种典型的造型石，具有很高的地质科学研究价值。这种石头，它的生成多与地震有关，具有在天地演化过程中，饱览天地万物、目睹人间亿年的沧桑气质。如果说额河石是艺术家，那么戈壁石就是典型的哲学家，它蕴含着亿万年来大自然中固有的宇宙自然信息。从外表上看，它粗糙而色泽单调，甚至有些黯淡，但是造型上却是奇特多姿、巧夺天工，是河石所无法相比的。它如同天上的星星，以数量众多、品种丰富（最珍贵的是玛瑙石）和分布广泛而著称，在戈壁沙滩、在山间沟壑、在田野荒地，随处可见这种风砺石的踪影，留下它逆风前行划出的深深痕迹。

另一类就是阿勒泰化石了，又称为文物石。它多分布在戈壁腹地的雅丹地貌之处。这种石头以经历漫长的历史而著称，属于国家级保护的化石类。从近年来阿勒泰发现的恐龙骨化石、恐龙蛋化石、硅化木、鱼化石、贝壳化石、草木化石来看，阿勒泰曾经是一个无际的海洋已不容置疑。这类化石无不见证着沧海桑田的巨大变化，可以说它是阿勒泰的历史学家。在任何一条河流、任意一簇山间野草间，或者是沙漠之中，随手可拾的一块石头，可能就是一块树木、动物或花草的化石，甚至可能是一个恐龙的骨骼化石，大到数十吨、几十千克，到几十克。

据历史记载，阿勒泰石已享誉几千年，它曾是各个朝代地方官员向朝廷和达官贵人进贡的最好礼品，是文人墨客咏诗吟歌、豪气冲天的话题。据说清朝慈禧太后的殉葬物品中，脚下踏着的一支价值白银76万两的碧玺莲花就是产自阿尔泰山。

石头无语更可人。

石头养人更是品石人的一种共识。在石的面前，你有更多的寄托，更多的慰藉。同样，石头对于世界各国家也都有着文化的渊源，尤其在亚洲表现得更为明显。朝鲜、日本都是爱好与收藏奇石的国家，那里的人们对石头有着一种特有的热烈和执着的感情。朝鲜将奇石称为长寿石，摆放在厅室的中央，寓意着人的生命与奇石一样天长地久；日本更是将奇石视为珍宝，称之为水石，置于显要地方，寓含着人的生命如同流水一般延年益寿、源源流长。

随着人们生活水平的提高，人们对文化需求的多样化，石文化的悄然兴起，对阿勒泰石的重视程度又有了新的提升。首先是奇石进入了百姓家庭，几乎每个家庭的书架或书桌前，都会有几块自己拾来的奇石。随着旅游业的兴起，在一些大的金玉店货架上，也专门辟出了古色古香的石架，朋友之间馈赠的礼品也有了奇石的身影……

在阿勒泰已发现并收藏的众多奇石中，除了石头的形态各异，石中的图案更是内容丰富多彩，以其别有风味而让人留恋难忘。有粗犷形象的人物、有憨态可掬的动物、有栩栩如生等着季节到时开花结实的植物、有女娲补天的可歌可泣的故事、也有让人于惊喜之余感到遗憾惋惜的缺陷。这些独特的奇石中，有人物两谐的忘我，有形神兼备独具匠心的激情燃烧，有春江花月夜、竹林弄清影，及仰望天宇的情景，更有北方畜类身处地远天高、立于山巅的苍凉悲怆……

石头记下了一草一木，也记下了人与自然的相濡以沫；石头中蕴含的文化印证着人类的发展足迹，更体现着自然界对人生命的多层次启迪。看一块好石，能留住一份好的心情，拥有一块好石，更能留住天体宇宙对人类的某种暗示。

阿勒泰奇石，使这里的碧水蓝天更具一种神韵。

（少净　琼瑶）

## 维吾尔族姑娘的小辫子

维吾尔族少女总是梳着漂亮迷人的小发辫，或几条，或十几条，随着步履晃动，成为一道美丽的风景。有谁知道，姑娘们梳这种小辫，还跟一个美丽的传说有关呢。

传说在茫茫的大沙漠深处，有一个国家。那里人烟稀少，一年四季黄风四起，沙尘漫天。人们主要以打猎为主，吃的粮食全靠家畜和猎物的皮毛到外地换回。

这个王国有一个很大的骆驼商队，每年春季把毛皮运到外地，到秋天才驮着粮食回来。

这一年春天，老国王对两个儿子说："你们也不小了，我想让你们到外边去做点买卖，学点本领，不知你们愿不愿意出去？"

两个王子听后满心欢喜，说道："太好了！我们早就想出去做点事了。"

老大为人狡猾，对臣民刻薄吝啬，贪图享受。他早就不想呆在沙漠国了，可是没有机会出去。这次有了机会，他暗自盘算带走更多的皮毛。他说："尊敬的父王，您给我一百峰骆驼的上等皮毛，到秋天我将驮回二百峰骆驼的粮食，足够我们一年享用。"

老国王高兴地答应了他的要求。老二说:"亲爱的父王,您给我五峰骆驼和我平时骑的青鬃马。我要去找万能神,把沙漠治理成美丽的乐园。"

老国王听后又是高兴又是愁,说:"我亲爱的孩子,我听说万能神那里有个黄蛇妖,它会吃人的。"

老二胸脯一挺说:"父王,为把我们国家变成美丽的乐园,孩儿我万死不辞。"

兄弟俩出发了。走到一个三岔路口,老大向西,老二向东。

老二和仆人在沙漠中走了一个多月。一天,他们在树底下搭起帐篷,拿出食物,围在一起吃喝完就睡下了。

夜里,老二怎么也睡不着。过了一阵儿,天空中一阵巨响。老二走出帐篷,抬头张望,忽然从西面天际飘来一片彩云,卷起他和青鬃马向东飘去。不知飘了多久,才落到地上。他起身揉了揉眼睛,一看,天已蒙蒙亮,再举目向四周仔细一瞧,东面是一个天水相连的湖泊,西边是峻峭的山峰,山上的松林直刺云霄。这时,青鬃马在他腿上蹭了几下,开口说话了:"我的主人,幸福就要来到你的身边。待一会儿,有三个姑娘会到湖里洗澡,到时你赶快把那件绿色的外衣藏起来。当主人来找它时,你要求她做你的妻子。如果她同意了,你和你们的国家将会得到幸福。"说完,青鬃马腾空而起,向天空飞去……

太阳出来了,从天空中飞下三只天鹅,落在湖畔,变成了三个美丽的姑娘。老二急忙藏在芦苇丛中。三个姑娘一个穿红衣,一个穿黄衣,一个穿绿衣。她们头上都梳着很多辫子,随风飘摆,在阳光照耀下闪闪发亮,美丽极了。他仔细数着每个姑娘的小辫子，穿红衣的十八个，穿黄衣的十七个，穿绿衣的十六个。

她们嬉闹着跳到湖里洗澡去了。老二赶紧跑过去，拿起绿色衣服，匆匆躲进芦苇丛。

姑娘们上岸找衣穿时，有十六个辫子的姑娘叫了起来："哎呀！我的衣服不见啦！"

另外两个姑娘帮她找了一会儿，没有找到，便说："时候不早了，我们先走一步。你找见衣服后，赶快回来。"说着，她俩变成天鹅飞上了天。

老二从芦苇丛中走出来，胆怯地对姑娘说：

"你的衣服在我这儿呢。"

姑娘把小辫甩了几甩，生气地问："你是什么人？为什么偷我的衣服？"

老二就把自己从沙漠国来此地的经过讲了一遍。姑娘的脸上出现了笑容："原来是我的马哥哥让你做的。既然这样，我就做你的妻子吧。"

老二非常高兴，就把自己要找万能神的事也告诉了她。姑娘微微一笑："如果你有决心治服风沙，得先把黄蛇妖杀死，以后的事我都能办到。"

翻过一道道沙丘，穿过一片片荒滩，走了一个半月，他们才来到黄蛇妖的洞穴外。

黄蛇妖发现了他俩，闯出洞，肚子一鼓，口一张，把老二吸进腹中。老二一只手握着一把利剑，将黄蛇妖破腹劈作两半，自己安然无恙地站在地上。

老二抬头看天，晴空万里，便心情愉悦地带着天鹅姑娘向沙漠国走去。

他们回到王宫，把一路上遇到的事向老国王叙述了一遍。老国王十分高兴，说："孩子，你为我们国家立了一大功，还领来了这么漂亮的一个姑娘。等你大哥把粮食运回来，我就给你们举办盛大的婚礼。"

秋去冬来，老大没回来；冰雪融化，老大的影儿也不见。国王望穿了双眼，老大还是杳无音信。

全国的粮食吃光了，人们眼看就要饿死在沙漠国中了。

老国王和大臣们商量时，大臣们你看我、我瞅你，谁也想不出办法。这时，老二猛然想起了天鹅姑娘说的话，便对老国王讲了。老国王马上召来了天鹅姑娘。

天鹅姑娘手里拿着一张毯子，上面绣着一幅美丽的图画：青青的山、绿绿的水、茂密的果木林、宽广的农田。最引人注目的是一串串挂在木架子上的珍珠般的东西。

老国王指着那一串串珍珠般的东西，问天鹅姑娘："这是什么东西？叫什么名字？"

天鹅姑娘笑吟吟地回答："这东西叫葡萄。"

老国王和大臣们忙问："能吃吗？"

"能吃，可香甜可口啦！"

在场的人都被这仙境一般的画迷住了。

老国王自言自语道："我们沙漠国能变成这样就好了！"

天鹅姑娘说："国王，这就是我们沙漠国未来的样子呀！"说着，她把毯子向地上轻轻一放。那毯子竟然徐徐飞了起来，飞出王宫。接着，天空中一声炸响，毯子变成无数个彩色斑点，飘飘扬扬地落在地面上。这时，大地上出现了奇观，沙漠国变成了绿洲、变成了花园。

打那时起，人间才有了葡萄。以后，当地人为了纪念天鹅姑娘给他们带来的幸福，就照天鹅姑娘的打扮，给姑娘们一岁梳一个小辫。

（王春莲）

## 和田古玉王的传奇故事

这是一个有关和硕县古玉王的故事。故事发生在清乾隆、嘉庆年间。由于年代久远,见证人离世,这个真实的历史事件渐渐演变成为一种传说:在当地民间,人们宁可信其有,从不信其无。

据《野史大观》(清)记载:"乌沙克塔克台(清朝地名,今和硕县乌什塔拉村回族乡)所弃玉一,朗密尔岱(经考证为叶城一带)所产地也。徐星伯(时为清朝戍边官员)行经其处,大者万斤(约为现在的6吨),次者八千斤,共置之一处。初覆以屋,年久屋圮。玉之面南者,俱为风日所燥,剥落起皮。闻辇此大玉时,用马数百匹,回民不善御,前却不一,鞭策交下,积沙盈尺,轴动则胶固,回民持大大灌油以脂之。日行数里,奇公丰额奏。回民闻弃此玉,无不欢欣鼓舞,其喜可知也。"

笔者为此走访了乌什塔拉村回族乡,民间流传的说法是这样的——

清乾隆五十四年(公元1789年),叶城采玉人叶尔羌伯克开采了三块巨大玉石,重约13吨。其中,最大的一块为青玉,重达

6吨多，质地无缝无瑕，自古以来所闻玉料无出其右，可谓上品。当地官府为了邀功，决定将此玉作为贡品运往北京，遂以七百里加急的速度将此消息上报给乾隆皇帝。

乾隆皇帝闻听此事，龙颜大悦，立即吩咐内务府起草了一份圣旨，拨银一万两作为运送费用，着令和田府抽调专人护送，尽快将此玉运往朝廷。

由于受运输工具的限制，和田府特制一辆运送车，当地人称为大辇，是由几个木架车连接而成的，为此花费了几年的时间。从当地买来数百匹健壮马匹作为运力。找了一名当地缠回（现维吾尔族）车把式及数十名民工，抽调戍边军士20人组成护送军，并指定了护送官，嘱咐护送官将此事作为国家最高机密，泄露者斩。为确保沿途安全，护送队伍统一了对外的口径，称此石作为圆明园雕刻之用，以避被劫之虞。

当年秋天，在当地群众的欢送声中，护玉车从莎车缓缓出发，沿着丝绸之路一路东行。尽管护玉队伍一路颠簸，不辞艰辛，日夜兼程，但行速缓慢，每天行程不过几里。

经过8年的艰苦跋涉，时序进入嘉庆二十四年（公元1819年），护玉队伍来到和硕境内乌什塔拉村回族乡大庄子村附近。由于人困马乏，路滑坡陡，在经过一段洪水沟时，车轴断裂，护玉车倾斜，玉石滑落，将车砸得支离破碎。护玉队伍立即找人修理，人马就地休整。

当时，清廷国库亏空，内忧外患不断，民怨渐起，车难修缮，玉王的命运发生了逆转。

嘉庆二十五年，割据势力张格尔第四次侵入新疆，阿克苏地区战事吃紧。

为巩固边防，嘉庆皇帝急诏和田府，先除外患，再应内急，要求所有戍边军队投入战斗。根据此项谕旨，和田府考虑此石巨大，属国家机密，当地百姓认识不到此石的价值，且一般人无法偷盗，于是便令护送军士除留守一名外，其余人员立即返回，民工则就地遣散。

此时，和硕特部拥有封地已历23年。为了感戴嘉庆皇帝的赐地之恩，听说将士将赴前线作战，和硕特部一方面派人在此石旁边围栅栏，盖房屋作为铲玉人的生活之所，并在玉石上盖一纪念亭，取名天恩亭。一方面派出军队，随护玉将士19人共赴前线。在阿克苏浑巴什河战役中，将士们顽强作战，英勇杀敌，19名军士有18名战死沙场，护送官一人幸存。为此，嘉庆皇帝特旨嘉奖。护送官攫升，和硕特部得御马数匹。

时隔8年，叛乱平定。嘉庆皇帝颁发圣旨，着令玉石就地封存，等候运送旨意，并特设护玉官职。

慢慢地，当地群众觉得此石与周围山石不同，且有光泽，就有了非分之想，群起砸石，你一块，我一块，零打碎敲，以期换粮换油贴补家用。护玉官无法制止，又怕朝廷怪罪，吓得逃之夭夭。数年之后，小些的玉石被人全部盗走，只有最大的一块无法盗走，也被砸得只剩下原来的70％。

最终，皇帝得知了此事，颁下圣旨，责令当地官员将此玉石就地掩埋隐藏。负责处理此事的官员组织外地人员连夜将玉石拉运到石头众多的地方搁置，并另外组织不知情的10名外地人挖坑近8米，择日将此石掩埋。为了消除玉石踪迹，护玉亭被拆除，房子也被当作当地的一处马厩。负责处理此事的官员没有将此玉的掩埋地点详细绘图，所带随从事后被他遣返回乡，他本人也在一次练兵时因突发重疾不幸去世。

至此，玉王消失在一个历史的瞬间。它的下落成为一个谜。那么，到底有没有这块玉呢？据《历代西域诗抄》记载，清代官吏施草去南疆就任，路经乌什塔拉村回族乡时见贡玉，即兴在玉石之上题诗一首："芨芨草长难觅路，苏苏柴老好应差。棉衣絮帽寒侵骨，六月天山雪吐花。乾隆皇帝太平年，欲贡曾将巨宝捐。一样道旁长弃置，腾他清泪滴铜仙。"

这三块玉石到底在哪里呢？据1984年12月24日《新疆日报》所刊《清代新疆的玉石开采》（作者为仲应学）一文记载："这三块玉抛弃后，经历了嘉庆、道光、咸丰、同治、光绪，宣统、民国等时期，共一百二十多年。到民国五年（公元1916年）还残存一块，其余皆被盗走"。

那么，残存的一块玉王在哪里？记者询问了多名土生土长的老人，结论是，这块玉王肯定存在，但不知在谁家的地下。

（丹江水　黄永强）

## "母亲门"的传说

传说古时候,有个叫迪克亚努斯的国王。他的王国幅员辽阔,繁荣富庶。国王公正仁慈,深得民心。真个是国泰民安逢盛世,君臣百姓享太平。

迪克亚努斯国王有一位贤良的母亲。国中政务,事无巨细,他都要向母亲求教。母亲总能给他以忠告,使他能够卓有成效地处理国事。由于这位国母的恩泽,百姓安居乐业,国家繁荣富强,任何凶恶的敌人都不敢对王国抱有觊觎之心。

一天,迪克亚努斯与母亲带着随从外出游玩,来到今日乌鲁木齐这个地方。眼前出现了美丽的草原,一条条河流潺潺流过,不远处的森林郁郁葱葱,鸟儿在欢快地歌唱,牛羊在悠闲地吃草,一片祥和宁静的景象。

他们在这里盘桓了很长一段时间。一天,一位须发皆白、满面皱纹、身体佝偻的老爷爷拄着手杖,带着老伴和孙子突然来到迪克亚努斯的营帐前。主人礼请二位老人和小孩进帐,询问他们的情况。老人说:"我们世代生活在这块土地上,放牧牛羊,种植庄稼。可我们一辈子都惶恐不安，想迁到别处，又舍不得祖先留下的这片故土。自打你们一来，我就注意上你们了。看来，你们都是守礼法、重道德的君子，对我们的土地和财产没有心存歹意，但愿我们永远成为好朋友。遗憾的是，你们的安定生活和无数财产就要毁于一旦。因此特意赶来给你们报个信儿。"

迪克亚努斯听了老人的话，惊得说不出话来，转身向母亲望去。母亲要求老人细说详情。老人说："这片草原的中部有一座红山，山上的洞里睡着一个7头妖怪。它40年一醒，醒后就出来祸害人间。妖怪巨嘴一张，上唇顶着天，下唇挂着地。它的舌头有4里长，眼睛如同传说中的吃人河一样宽阔，阴森恐怖。尾巴有7里长，额头上还有一只闪闪发亮的眼睛。此眼一睁，凶光四射，世上所有的人畜都被照得闭上眼睛。每次妖怪外出，都要残害世上的生灵，世界被搅得尘土弥漫，几十年内生命绝迹。妖怪睡醒的日子眼看就要到了，你们快离开这个地方吧。等灾难结束，天下太平了再回来。"

迪克亚努斯问老爷爷："那你们在这里如何能保住性命呢？"

老爷爷说："我们有祖辈传下来的一种法术。靠着它。我们才能在妖怪作恶时保住性命。"

"这是一种什么样的法术呢？我们愿闻其详。"宰相说。

老爷爷说："这是我们的秘密，不过对你们这些高贵的人说说也无妨。"原来，他们有几粒白色和彩色的石子，对着石子念诵咒语，然后含在嘴中，任凭妖怪掀起多大气流，也无法将他们吸入口中。

母亲听完老人的话，深深叹了一口气，说出下面一番话来："老人家啊，是我让你们祖祖辈辈遭了千年的罪，为此我感到非常对不起你们。这个凶恶的妖怪从前住在我们城北面的山洞里。它像蹂躏你们一样蹂躏着我们的祖先。我7岁那年，已经懂事了。这个妖怪即将睡足觉醒来，又要危害人间。百姓惊恐不安，四散逃命。我见此情景，骑上父亲的宝马，一只手拿起40尺长的投石器，另一只手拿起9尺长的钢矛，来到妖怪的洞前，等待它的醒来。它一醒来，我就和它交上了手。

激战持续了40年，当我将要把钢矛刺入它胸膛的时候，妖怪哀求哭泣，求我饶它一命，保证迁往北方，依靠诚实的劳动谋生，再也不祸害人间。我相信了它的话，放了它一条生路。谁知这恶魔保住了性命，竟然不守诺言，又来伤人性命。看来非要我亲自出马，给它点颜色瞧瞧。"

迪克亚努斯听了母亲的话，说："我是您亲手调教出的儿子。您年纪大了，我愿代您出战，杀掉这个恶魔。"经过一番争论，迪克亚努斯得到母亲的准许，跨上白马，手持弯刀，直奔老爷爷指点的方向而去。

他登上红山，朝洞里一瞧，妖怪刚刚睡醒，正在揉眼睛。迪克亚努斯大喝一声，好似半空中响起了霹雳，妖怪几乎不相信自己的耳朵。它跳出洞来一看，只见面前站着一位青年，手握钢刀，威风凛凛。妖怪在此生活了1000年，还从未遭逢过如此强敌。

妖怪定了定神，抖擞精神，咬牙切齿地向迪克亚努斯扑来，好一场恶斗，一打就是7天7夜。妖怪的6个脑袋被迪克亚努斯砍了下来，舌头耷拉了下来，越掉越长，精疲力竭。迪克亚努斯国王也已经大汗淋漓，气力不济。正在这时，母亲赶了过来。

妖怪见一位老太太满头银丝、身体佝偻、跃马舞刀而来，微感不妙，但它并未认出老人是谁。

母亲气度不凡，扫了妖怪一眼，说："妖怪，你好大胆，竟敢残害无辜，与我儿这样的明君为敌。莫非你忘记了从前吃过的苦头，还不快快改恶从善。"

妖怪觉得声音很熟，可它怎能就此认输，哇哇大叫起来。

母亲怒不可遏，纵身一跳，站在妖怪肩上，抓住它的头发，宝刀对准它的咽喉，说出了自己的身份。妖怪一听，顿时泄气，连连告饶，说再也不敢如此作恶。母亲怎能再听它的谎言，手起刀落，当时就送它去了地狱。

母亲担心妖怪再次复活，准备留在此地，随时予以惩罚。迪克亚努斯一时难以决断，也留了下来陪伴母亲。过了一段时间，才起程返回他的王国。

时光飞逝，母亲的头发更白了，身子更佝偻了，牙齿脱落，满面皱纹。迪克亚努斯看到母亲一天天衰老，不禁忧心忡忡，心中伤感。他的心中充满了对母亲的感激之情，希望依靠母亲的帮助，保持国家的长治久安。左思右想，他终于想出了一个主意。他决定在离都城80里远的地方选一块平旷之地，再筑一座新城。经过勘查，新城址找到了，正是今日乌鲁木齐所在的地方。消息很快传开了，8万工匠自千奋勇，准备投身筑城工程。

迪克亚努斯国王亲率工匠，日夜苦干。40年过去了，一座有4个城门的高大城池筑成了。他命名该城为乌鲁木齐。为了与民同乐，迪克亚努斯国王特下诏令，要求全国各地的民众前来瞻仰新城。当时，迪克亚努斯统治下的王国有40座城市。接到诏令，40座城市的民众从四面八方赶来，欣赏乌鲁木齐城的巍峨壮丽。

自古以来，民众们从未见过如此大的城池。当他们听说这座城是国王为了表达对母亲的敬意而特意修建的，纷纷向国王表示请求拜见这位伟大的母亲。母亲怎么能接见这么多的拜见者？国王为这事问计于参加施工的工匠们。一位负责雕刻的头目献计道："装修南门，请太后登临城楼，接见过往民众。"于是，母亲来到新城，登上南门，脚踏横梁，面南而坐。民众匍匐在城楼之下，眼含热泪，虔诚而拜。跪拜活动进行了3个月，民众才勉强散尽。

母亲体恤百姓的一片诚意，一直没有下楼休息。看到百姓对母亲的一片赤诚，迪克亚努去了，当最后一个跪拜者离去，迪克亚努斯想扶母亲下来，可母亲一动不动，定睛一看，原来她已经化作一尊石像。迪克亚努斯愣在那里，作声不得。他好不容易才被随从扶回宫中，继续处理政务。

石像就像无敌的守护神一样高高矗立，使这座城市显得更加雄伟壮丽。石像下面有两扇大门，门洞宽阔，4辆马车可以并驾齐驱，来去自如。以后，这座大门就被叫作"母亲门"。城门的两边是一道宽10丈的城墙。它向远处延伸，环绕着这座城市。进出城市的马车大多要经过这个城门，每辆马车都挂有9只铃铛。

铃铛叮当作响,声音整齐而响亮,悠远地传向四方。每当经过城门,车夫们总要使铃铛不发出声音。

母亲的石像挺立了几千年,像一个护佑者保护着这座城市。人们总是以崇敬的目光注视着石像,并向这位伟大的母亲表示深深的敬意。

(讲述者:吾甫尔·乌买尔)

(采录者:海热提江·吾斯曼)

(翻译者:梁伟)